犬飼いちゃんと猫飼い先生
ごしゅじんたちは両片想い

竹岡葉月

富士見L文庫

Contents

ひとつめのお話　待合室の君の名は

【三隅（みすみ）フンフンの場合】

日曜朝の待合室は、いつも沢山のお喋（しゃべ）りであふれている。

『おっ、鉄（てっ）ちゃん久しぶりだね。どっか具合でも悪いのかい』
『いやあ、大したこたあねえんだけどさ。うちの奴が心配性なもんだから、咳（せき）とくしゃみぐらいでこのザマさ』
『おーおー、のろけられたねこりゃ。まあ心配されてるうちが華ってもんだな――』

――うるさい。

『つかさー、つかさー、そのチョーカー、マジかわいくない？　かわゆすぎない？　どこで買ったの？』

『んー、しらなーい。パパがここなに似合うよ☆　って、お洋服といっしょにプレゼントしてくれた！』

『いいなー。いいなー。あたしもママりんにおねがいしちゃおうかなー』


──うん。すごくうるさい。


『いやいやあああああ、注射いやああああああ』

『おうちかえるうううううう』

『おいゴルアッ、おまえらなあ、でかい図体してピーピーやかましいんだよ！　ビョーインでは静かにお座りしてろって、母ちゃんに言われなかったか！』


──たぶん人間は知らない。ボクら動物たちが、こんなにお喋りなことを。

フンフンはご近所にある『きたむら動物病院』の待合室にいて、踏ん張りが利かないつるつるとした床に、顎からお腹までぺたっとつけて伏せをしている。姓は三隅、名はフンフン。犬種はミニチュア・ダックスフントだ。焦げ茶色とキャメルの二色使いな毛並みも相まって、短い脚で伏せをするとますますお菓子のエクレアそっくりになるが、ご先祖はアナグマの巣に潜る狩猟犬として名を馳せたと聞いている。フンフンはアナグマもアナグマの巣も知らないが、勇猛果敢な先祖の血に恥じぬ男でありたいと思っている。

ともあれ、今日も周りは賑やかだ。

あちらの長椅子にいるのは、二匹合わせて四十歳近いと噂のご隠居猫たち。どちらもペットキャリーの中に収まったまま、香箱座りで健康トークに花を咲かせている。

それぞれ人間のご主人に抱えられて、犬服と首輪のコーディネートを語っているのは、チワワとマルチーズの超小型犬コンビだ。診察前なので大抵がヌードなのが残念である。

病院が嫌で騒ぐ若犬たちを、かぎりなく床に近い位置から一喝したのはフェレットの旦那であった。

『はんっ、べらぼうめ』

さすがは武闘派、イタチ科一門にいるだけはある。赤いベストのようなハーネスも勇ましく、のしのし待合室の中を闊歩していく姿は小さいながらも迫力満点だ。旦那に叱られた若犬の方は、控えめに尻を床につけつつ、なお注射が怖いとくんくん鳴き続けているのが哀れであった。

気持ちはわかるが、どうやっても逃げられないのだから諦めろと言いたい。

『まったく、落ち着かないったらないわ。これだからイヌはおバカで嫌なのよ』

——まあ、普通にむかっとするだろう。犬的に。

そういう失礼な台詞（セリフ）を吐く奴を、フンフンは寡聞にして一匹しか知らない。エクレアになって伏せをするフンフンの斜め上——ちょうど長椅子の座面に置かれた、籐（とう）かご風のペットキャリーの中にそいつはいた。

立ち上がればキャリーの窓越しに、高慢ちきな白猫が収まっているのがわかる。

フンフンは、こみあげてくる怒りをこらえながら言った。

『なんで君はさ、そうやってボクにケンカうるの』

『あら……ただの感想で独り言よ。聞き耳たてるなんてお下品……』

『聞き耳なんてたてなくても、毎度こんな近くでブツブツされたら聞こえちゃうよ』

『あたくしに言われても困るわ。嫌ならそうね……たまには離れたところに座りましょうって、そっちの小娘にでも頼んだら？』

『藍（あい）ちゃんはオムスビじゃない！』

『小娘よ。青臭いニンゲンの娘』

この嫌みな白猫の名前は、キャロルという。

今年三歳のフンフンよりもだいぶ年上らしく——詳しく訊（き）くと鼻で笑う——難しい言葉なんかも沢山知っていて、とにかく弁が立つのが腹立たしいのだ。

『そ、そっちのごしゅじんこそ、藍ちゃんのそばからはなれろよ』

『できるものならねえ』

キャロルはペットキャリーの中で、前脚を組み替え嘆息した。珍しく処置なしといった雰囲気だった。

やはり向こうも、この状況が好ましいとは思っていないようだ。

フンフンは、自分のリードの端を握っている、ご主人の顔を見上げた。

藍ちゃんの本当の名前は三隅藍といい、現在高校三年生の彼女が、中学生の時にパパさんを拝み倒してフンフンをお迎えしたと聞いている。それから一貫してフンフンは、藍ちゃんの愛情を受ける藍ちゃんの犬を自負しているのである。

しかし、いつも朝起きて真っ先にフンフンの耳や肉球の匂いを嗅ごうとする藍と、目の前の藍はだいぶ雰囲気が違う気がするのだ。

藍は待合室の長椅子に浅く腰掛け、背中に定規でも挿したように背筋をぴんとのばしたまま、壁の犬猫ポスターを見つめている。小ぶりの唇をへの字にして、全身から緊張の匂いが漂ってくる。

襟足の下までようやく伸びたぐらいのおかっぱ頭を、むりやり結んで小さな尻尾を作る髪型も、ジージャンにあえてふんわりレースのスカートを合わせる選択も、いつもより女の子らしくて可愛らしいと思うが、この組み合わせにたどりつくまで鏡の前で小一時間は悩み倒していたのをフンフンは知っているのだ。こちらもお出かけ用のリードをくわえて、ずっと待っていたのだから。

ねえ藍ちゃん。君は別に、ダニ予防の新薬について知りたいわけじゃないんだよね？

不意に藍が、膝に載せた拳にぎゅっと力をこめた。

意を決して横を向く。

そこにはキャロルのペットキャリーを挟んで、人間の男が開襟シャツにデニム姿で座っているわけである。

中肉中背。雰囲気としては柔和というか飄々としているというか。軽めのワックスで散らした短髪に、ヒトでなければ日向で草でも食べていそうな雰囲気の顔がくっついた、二十代半ばほどの男だ。

「あの鴨井さん」

「そうだ三隅さん」

どういうわけか、まったく同じタイミングで声が重なった。

「ど、どうぞそちらから」

「いや三隅さんこそ」

「私は別に」

両者どうぞどうぞと譲り合いが始まる。非常に面倒くさい。

最終的に、若輩者の藍から話すことで落ち着いたようだ。

「……大した話ではないのですが。順調ですかキャロルの具合は」

「まあ、ぼちぼちってとこかな。現状維持」

「そうですか。では元気がありそうなら、こういうもので遊んだりとか……しますか？」

藍は背負ってきたリュックサックから、カラフルな組紐（くみひも）のついた棒を取り出した。

「作ってみたのです。猫じゃらし」

「え、わざわざ？　悪いよ」

「百均やホームセンターで買っても、すぐに壊れるから困るって、鴨井さんおっしゃっていたじゃないですか。これは割り箸とビニールテープだけで作れて、お手軽で簡単なのです。是非試していただければ……」

大真面目に藍が語るように、猫じゃらしは割る前の割り箸に、数本のビニールテープを挟み込み、そのまま三つ編み状にしたものだった。

その場でデモンストレーションをしようにも、まさか待合室で長い紐を振り回すわけにもいかず、藍はおさげにしたビニールテープの、ひらひらした先っぽ部分を持って、キャロルに見えるよう振ってみた。

　ペットキャリーの扉が閉まった状態でも、しゃかしゃか揺れる紐に白猫の目がまん丸になり、『破っ』とパンチを繰り出す。

「見ましたか今の」

「うん。気に入ったみたいだね」

「成功です」

　フンフンは、すこぶる冷たい眼差しをキャロルに送ってやった。

『……なにやってんの、君』

『空気を読んであげたのよ。接待よ』

　嘘つきだと思った。ただ本能に抗えなかっただけのくせに。

　これだからネコはおバカで嫌なのだと、さきほどのキャロルの言葉をそっくりそのままお返しできると思った。

　この主食が草っぽいイケメンの男はキャロルの飼い主で、受付の人や獣医からは『鴨井さん』という名で呼ばれている。そいつは藍から猫じゃらしの玩具を受け取ると、ちょっとタレ気味の目を細めて礼を言った。

「ありがとう。キャロルは『へこ』だから、こういうの喜ぶよ」

「へこ？」

「知らない？　猫を一緒くたに猫と呼ぶのはね、厳密に言えば間違いなんだよ三隅さん」

藍ちゃん、真顔でガーンとなる。

「ねずみをよく獲る『ねこ』と、鳥をよく獲る『とこ』と、蛇をよく獲る『へこ』。ねずみの害が深刻だった古代日本では、この三つが厳密に呼び分けられていたんだ」

「な、なるほど。それは勉強になります……」

「――うんうん。めっちゃ大嘘だから本気にしないでよ」

思い切り信じかけたらしい藍が、目を丸くした。

鴨井は動じずににこにこしている。

「昔から言われてる、俗説だからこれ」

「本当のことではない……」

「こいつが長くてニョロニョロしたもの大好きで、ねずみや羽根の玩具をシカトするのは本当だけどさ」

「では、やはり『へこ』ということで？」

「そうかもしれない」

自分の頭越しで仲良くされて、ペットキャリー内のキャロルがすこぶるつまらなそうな顔をしていることだけが、フンフンの癒しであった。

　藍がカチンコチンに緊張するのも、それを押して会話を試みるのも、はにかむのも慌てるのも、とんちんかんなことをやって落ち込むのも、ここ最近みんなこの鴨井の前なのだ。

　向こうもこんな藍が可愛くないはずないだろうに、ここで雑談して煙に巻く以外何もしようとしないから、もどかしくなってくるのだ。

『ねえ、白猫。君のごしゅじんは、なんで動かない。お地蔵様か』

『小娘が動かないからでしょ』

『オスで藍ちゃんより大きいのに？』

『だからこそなのよ。小娘や若造にはわからないことが色々あるの。複雑なの』

　相変わらず、ああ言えばこう言うの減らず口キャットである。

（ふん）

　だいたいキャロルや藍が思うほど、この男が立派だとも思えないのだ。

　確かに見た目は身ぎれいで、人を遠ざけるような尖ったところはまったくなく、それだけでさわやかで素敵な好青年ねと褒めそやす奴もいるかもしれない。

　しかしフンフンが短い後ろ脚で立ち上がるとするだろう。そのまま奴が穿いている洗いざらしのデニムの、脛あたりをくんくん嗅いでやるとするだろう。奴は一瞬硬直した後、必ず足を反対側へどけるのである。

「お、どうしたフンフン」

などと、口では気にするそぶりを見せるが、何度やっても同じである。

つまりこいつ――。

「猫は……見ているだけで不思議な気持ちになる生き物ですよね。三角の耳から細い尻尾の先まで、全部が柔らかいカーブでできていて、神秘的だと思います。私が飼ったことがないから、余計にそう思うのかもしれませんが」

「三隅さんとこは、代々犬派？」

「いいえ、犬もフンフンが初めてです。ずっと転勤族だったのです」

そう。藍の言う通りだ。

もともと全国各地を転々としていて、三隅のパパさんがもう転勤はないはずと、ここ埼玉県川口市にお家を建てたと聞いている。同時に念願だった犬――もちろんフンフンのことだ！　――をお迎えしたのだそうだ。

「それまで住む場所はだいたい社宅で、どこもペット禁止で。周りで飼っている人を見て、ずっと羨ましく思っていました」

「じゃ、どう？　実際に犬を飼ってみた感想は」

鴨井に訊ねられた藍は、床にいるフンフンを見て、少しくすぐったそうに目を細めた。

「最高」

そうか。最高か。ボクもだよ！

「三隅さーん。三隅フンフンさーん」

診察室の引き戸が開いて、動物看護師がこちらの名前を呼んだ。

「すみません。そろそろ行きますね」

「うん、気をつけて。玩具、どうもありがとう」

鴨井は長椅子に座ったまま、最後を笑顔で付け加えた。

藍はそれだけで脳の処理がパーンといっぱいになってしまったようで、ただただ直角に近いお辞儀とともにこちらを持ち上げ、そそくさと診察室内に逃げ込んでしまった。

後ろ手に戸を閉める時、「鴨井さん。鴨井キャロルさーん」と、奴らも受付に呼ばれるのが聞こえた。あちらはお会計のようだ。

診察室では、丁寧な診察と熊ヒゲのギャップが激しい獣医さんもにこにこしていたが、藍の心は半分ぐらいはみ出て上の空かもしれなかった。

前に白猫の奴が言っていたっけ。お医者様でも草津の湯でも、惚れた病は治りゃせぬって。草津ってなんなのか知らないけど。

「どうかな、フンフン君の調子は。お耳の炎症は良くなったかなーー」

『先生。ボクより藍ちゃんのことみてくれない？』

「はーい、こっちおいで。お耳の中とお腹見せてね」

『ちょ、きいてる先生。ねえ。先生ってば。いや。いやあああ』

「駄目、フンフン。暴れないの」

「あー、まだ赤いねえ」

ーーほんとにもう、ニンゲンっていうのはめんどくさい生き物だよ。

診察台の上で犬の尊厳を奪われつつ、フンフンは腑に落ちないため息をつくのである。


【三隅藍の場合】


愛犬の診察が終わって診察室を出ると、すでにペットキャリーを提げた鴨井の姿はなかった。直前に会計で呼ばれていたから、精算を終えて帰ったのだろう。

（しょうがない）

あっさりしているのは、当然のことだ。鴨井とはせいぜい週に一回、飼っている犬猫の治療で顔を合わせるだけなのだから。

藍は受付で呼ばれる彼の飼い猫がなんという名かは知っていても、鴨井当人のフルネームを聞いたことが一度もない。たぶん向こうも似たようなものだろう。

今は五月の連休中で、フンフンの散歩がてら歩いて自宅に戻ってくると、母親である里子が、カーポートに置いた植木鉢に水をやっていた。

「あら、おかえり藍。どうしたの、中入らないの？」

「……お父さんも可哀想だと思って。せっかく家を建てたのにまた転勤なんて」

藍はそろそろ新築の匂いもなくなってきた、庭付き一戸建てを見上げる。父がこの家の敷居をまたいだ回数を思うと、娘としてしみじみしてしまう。

マイカーも単身赴任先の金沢にあるので、本来の駐車スペースは、藍たちの自転車だの、里子の趣味のプランターだのが適当に並べてあった。

「来週には戻ってくるって言ってるから」

「シャチクって悲しい生き物だよね……」

しかしおかげで藍たちは、根無し草の放浪暮らしから解放されたのである。心だけでも単身赴任先の方角を拝もうと、いつも母子で手を合わせている次第だ。

そのまま玄関でフンフンの足を拭いてリードを外し、二階の自室に連れて行った。

解放すると彼は喜んで走り出すが、一方で藍は倒れるようにベッドへダイブした。

（何をやっているんだろうか、私は……）

出がけに着る服が決まらず、引っ張り出してそのままの衣服たちが、体の下敷きになる。

わかっていても、体が動かない。

高校三年、受験生。この時間を勉学に打ち込むのに使えばさぞかしと思うが、昨夜は参考書を開く傍ら動画サイトを漁ってビニールテープを編み込み、割り箸の猫じゃらしまで作成してしまった。救いはキャロルと鴨井が喜んでくれたことだが、とにかく眠い。

（おかしいな……）

ちょっと前までの自分は、こんな風ではなかったのだ。

藍が鴨井とその愛猫キャロルに会ったのは、今から一ヶ月ほど前のことだ。

まだ公園や川縁に散った桜の気配が残る、四月初めの出来事だった。

初めて聞いた彼の声は、その後の泰然とした姿を思えば、かなりらしくない絶叫であった。

『うわっ。ちょ、待って！　嘘だろおい！』

朝からひどく風が強い日だったのを覚えている。藍がフンフンを連れて散歩をしていると、どこからともなく聞こえてきたＳＯＳ。

いったい何事かとあたりを見回せば、斜め後ろの駐車場に人がいた。足下にペットキャリーを置いたまま、青年が呆然と空を見上げている。

視線の先には、どこから流れてきたかも不明なソメイヨシノの花びらと、数枚の紙幣とレシートらしきものが、一緒くたになって上昇気流に舞っていた。

歩道にいる藍のところにも、その風のいたずらで略奪されたとおぼしき品が、色々と飛んできた。一枚は、藍の体に張り付いて止まった。はがしてみたら、目の前にある動物病院の診療明細だった。

『ごめん！　助かったよ』

金縛りがとけたらしい声の主が、小走りにやってくる。

『いえ……まだあちらに飛んでいったものが』

『げ』

『たぶん一万……』

『諭吉。それはまずい！』

その場の成り行きで、彼が財布に入れそこねたという現金と領収書を、回収するのにつきあった。

車道で車に踏み潰されたものもあったが、なんとかそれらしいものは全て回収した。

『大丈夫ですか、全部ありますか』

『たぶん、平気なはず……』

全てをポーターの長財布に納めてから、向こうがあらためて頭を下げた。

『ほんと焦ったよ。いきなりぶわっと行ったから。ありがとう』

日頃はワックスで整えている前髪も、この時は全部下りていたから、藍は大学生ぐらいかなと思ったものだ。中性的な顔立ちは笑うとよりタレ目がなくなる傾向があって、なおさら年の差というものを意識することはなかった。

『……水木しげる好きなの？』

『え』

ふと気づけば、彼は藍ではなく、藍が着ているTシャツの方に注目しているではないか。

黒地に大きくプリントされたキャラクターは、アニメではなく巨匠の画力が冴える原画の方であった。素晴らしくおどろおどろしい。

『それ、鳥取の記念館まで行かなきゃ買えないやつだよね。通販やってないはず……』

藍は慌てて、オーラがやばい巨匠謹製プリントのTシャツを隠そうとしたが、すでに焼け石に水で後の祭りであった。

『いえ、誤解です。これは昔近くに住んでおりまして。本当にご近所だったので』

『ますます羨ましい。それじゃ、フォローどうもありがとうね』

彼は気安い礼の言葉とともに、駐めてあった自家用車のドアを開け、自前のペットキャリーを後部座席に積み込んでから走り去った。

車は地元川口ナンバー、緑のパッソ。番号も下三桁までは覚えてしまった。運転する車が遠ざかるのを、ただただ見送るしかなかった。

藍は右手にフンフンのリードを握り、左手にフンフンの糞（ふん）が入った散歩バッグを持った状態で思った。この愚か者のばかちんめと。いくらご近所ルーティンの犬散歩とはいえ、数年前に買ってもらったヨレヨレのご当地Tシャツをデザイン無視で着て歩くのはやめるのだ。こういう時に死ぬほど後悔するのだから。

それから帰ってまずしたことは、変なTシャツの徹底的な選別だった。さらに買ったはいいもののほとんど着なかった私服のスカート類を、目につく所に移動させた。

理由は自分でもよくわからない。

以来、普段着でも可愛（かわい）くなりすぎない範囲で、スカートなどもコーディネートに取り入れるようになった。

翌週になり、フンフンの湿疹（しっしん）がひどくなってきたので『きたむら動物病院』に行くと、待合室に例の青年がいた。

『あれ、君……』

『ご、ご無沙汰しております』

向こうも藍のことを、覚えていてくれた。それから互いのペットの名前が呼ばれるまでの待ち時間を、とりとめもなく喋(しゃべ)って過ごしたのだ。


待合室でのやり取りで、青年の名字が『鴨井』ということ、現在一人暮らしで白猫のキャロルを飼っていることを知った。何より意外だったのは、彼が大学生などではなく、お隣の市の私立高校で、生物を教えている教師だったことだ。

（先生か……二十四歳とか言っていたな……）

実際、話してみれば相手がこちらに合わせてくれているのはわかるのだ。気さくな笑顔とちょっととぼけた語り口で、藍が知らない話をよくしてくれる。

これ以上みっともないところを見せるのが嫌で、会うたびがちがちに緊張するのに、時が過ぎ去ればまた会いたいと思うこのジレンマはなんなのだろう。好奇心よりもっとどうしようもないものだ。

藍という人間にタグを付けるなら、『#真面目』『#頑固』『#融通きかない』あたりが必須な気がする。

物心ついた頃からあちこち転校してきて、変わらないのは勉強することぐらいだった。義務教育の内容は全国共通で、土地に左右されないから藍にも優しかった。方言も、クラスの子だけが知っているローカルルールも必要ない。成績はいい方だから優等生と褒められることもあったが、深い人間関係を築くのは、相変わらず及び腰でヘタっぴなままだ。

「……非常にまずい……ちょっと落ち着け私……」

およそ受験生であり、かつ定期テストを目前に控えた、高校三年生の情動ではない。背負ったままだったリュックの肩紐を外し、理性と三回唱えて寝返りを打つと、視界いっぱいに湿った犬の鼻面が見えた。

ベッドに上がってきた愛犬フンフンが、フンフンというその名前の通り、ひたすら藍の匂いを嗅いでいるわけである。

「……いや、ちょ、くすぐったいって。君も落ち着きなさい」

湿った鼻が口のところにまで来るので、たまらず顔をそむけるが、それでも藍と目が合うと、彼は黙って尻尾を左右に振った。葡萄のようにまん丸い目が、光ってキラキラしている。掛け値なしの『joy』と『love』の塊だ。

「可愛いなあ！」

流浪の転校生活が終わって、もうどこにも行かなくていいとなった時、藍が唯一希望したのが『犬を飼うこと』だった。

ここに越してきて君をお迎えした時、泣くほど嬉しかったこと。今でも昨日のことのように覚えているよ。

＊

翌週の日曜日も、藍はフンフンを連れて『きたむら動物病院』へ行った。

（あれ、鴨井さん……？）

いの一番に探してしまう自分もなんだが、鴨井とキャロルが、待合室にいないようだ。いったいどうしたのだろう。大抵は彼らの方が少し先に来ていて、受付も先にすませているものなのだが。もう先生に呼ばれて、中で診察中だろうか。

不思議に思いつつ受付に診察券を出し、他の患畜たちに交じって英単語帳をめくっていると、ようやく鴨井たちが現れた。

何やら疲れた感じで、ペットキャリーを藍の隣に置くわけである。

「今日は遅めでしたね、鴨井さん」

「そうだね……出がけに色々あって」

「……差し支えなければ、色々の意味をお聞きしてもよろしいですか？」

「なんかさ。こっちがいざ出かけようって段になって、キャロルの奴がゲーっとやってくれてさ。参ったよ」

「え」

藍は固まった。それは大変なことではないか。

キャロルはキャリーの中で、尻尾も手足も畳んで丸くなっているようだ。

「がんばってくださいキャロル。すぐに診てもらえますからね」

「いや、大丈夫大丈夫。別にこれは病気じゃないから」

「でも、吐くのは大変では」

「うん。単に猫草食べて、胃の中の毛玉をげろっと吐き出しただけだから」

鴨井も長椅子に腰を下ろした。

「ああ。でもそうか、犬だとそこまで頻繁には吐かないのか」

鴨井の言う通りである。仮にフンフンが吐いたというなら、診察日の今日でなくとも藍は熊ヒゲ先生に診てもらうことを考えるだろう。

なんでも猫の場合、毛繕いで胃の中にたまった毛玉を、定期的に吐き出す習性があるのだという。その時に、ペット用として売られている若い草などを食べたりもするそうだ。

「三隅さんとこは、猫草とか食べさせたことない？」

「あげたことはないです。あれは犬用ではないですよね？」

何せ猫の草という名前である。

「というか三隅さん。猫草って一口に言ってもさ、別にそういう草があるわけじゃなくて」

「ないんですか」

「うん。大麦とかレモングラスとかエノコログサとか、イネ科の植物で扱いやすいのを、ペットグラスだ猫草だって名前を付けて売ってるだけですよ。お馬さんもウサギさんも、好きなら犬もばっちこいです」

なんということだ。まったくもってノーマークだった。

「まあ俺もね、ホームセンターの種売り場で、『ベジタリニャン』って商品名の猫草見た時は、ハイセンスすぎて素通りできなかったけどね。育ててみたら普通に燕麦（えんばく）でキャロルに好評でした」

「なるほど……」

近所のペットコーナーはもちろん、スーパー併設の花屋のような小規模な店にも必ず『猫草』の札がついた鉢が置いてあり、伸びた芝生のような草がちょぼちょぼ生えている様を見てきたので、てっきりマタタビのような特別な草があるのかと思っていたのだ。

「……え、でも待ってください鴨井さん。確か猫って、ベジタリニャ……じゃない、ベジタリアンどころかお肉しか食べないと読んだことがあるのですが……」

「そ。三隅さんの言う通り、構造としては完璧に肉食だから」

鴨井はとぼけた語り口のまま、こくりとうなずいた。

「猫が肉食中の肉食動物、ハイパー肉食動物とか真性肉食動物とか呼ばれるゆえんだよ。同じ肉食哺乳類の中でも、雑食に進化した犬や熊なんかと違ってね、ネコ科の生き物は肉以外で栄養が摂取できないんだよ。生きるのに必要な栄養分を、全部肉だけでまかなうようになってるんだ」

「では、草を口に入れるのは……?」

「別に消化吸収はされなくても、胃腸が刺激されて、結果として毛も吐きやすくなるっていうのを学習してるみたいだ」

そういうことか。猫ちゃん賢い。

「あとは単純に、噛み心地がいいんだろうね。見てるとおやつのポテチ食べるみたいにウマウマしゃくしゃくやってるよ」

想像したら、笑いたくなった。キャロルがお洒落（しゃれ）なカウチソファに座って、映画を観ながらジャンクフードな猫草をつまんでいる光景。絵面としてはありえないが、感覚としてはそれぐらいなのかもしれない。

病気でないなら、何よりだ。

「犬と猫って、両方セットで語られるわりには、けっこう違うところがあるのですね」

「そうだね。分岐が始まったのは、かなり初期の段階だから……確か六千万年ぐらい遡れば、同じ生き物だった時代もあるらしいよ」

「はい？」

「犬と猫。恐竜の時代が終わってすぐの頃ね」

遡りすぎではなかろうか。

「白亜紀やジュラ紀に幅を利かせてた恐竜一派が、一部の鳥類を除いて絶滅するでしょ。そうするとミアキスっていう、犬猫イタチに、熊とかキツネとかアザラシとか、ともかくそのへんの肉食哺乳類を全部ひっくるめた元祖みたいな生き物が出てくるんだわ。場所は北アメリカ大陸で、見た目は貂（てん）とかジャコウネコとか、あとそこにいるフェレットに似ていたみたいだね」

鴨井はちょうど待合室の中にいた、赤いハーネス付きのフェレットを指さした。

(あれが……フンフンとキャロル共通のご先祖……)

周りの犬や猫に比べても、まったく似ていないし、ひときわ細長くてちょろちょろしていらっしゃる。

そもそもいくら肉食で哺乳類というくくりがあろうと、犬と熊とアザラシを一緒にするのは無理がないだろうか。猫とイタチとアザラシも厳しいが。

「か、鴨井さん。私だってそうそう何度も騙(だま)されませんよ。適当なことを言うのはやめてください」

「いいえ、これはマジなお話です」

鴨井は大真面目な顔で、藍にスマホの画面を見せてくれた。

そこには『ミアキス科』と目される動物の化石と、全身の骨格標本が、ずらりと大量に載っていた。

復元図も描いてあり、体長は今のフェレットとさして変わらぬ三十センチ前後。同じく細長い胴体と短い脚、そしてふさふさの長い尾でもって森林の中を歩いていたようだ。

「……本当だ……」

足裏は今の犬猫と違って、踵(かかと)までどっかりつく扁平足(へんぺいそく)で、かぎ爪でもって木登りもしていたとある。

「こいつが時間がたつうちに分岐して、イヌ科の特徴を持ったヘスペロキオン、ネコ科の特徴を持ったプセウダエルルスなんてのが登場するようになるのね」

「なんかすみません……」

「ネコ科のご先祖っていや、絶滅したサーベルタイガーいるでしょ。あのやたら牙がでかい奴。あれさ、立派だけど実は牙が折れやすいの知ってる？　しかも生え替わらないっていう」

「……それも嘘ではないですよね？」

「どうだろう。調べてみるといいと思う」

鴨井はさわやかに笑ってみせた。

「……鴨井さんって、確かに先生なところがありますよね……」

「いやごめん、ちょっと調子にのりすぎたね。これ、三隅さんにお詫びって言ったらなんだけど」

鴨井は藍に、真新しい書店のカバーがかかった文庫本を差し出した。

「なんですか、これは」

「ここだけの話だけどね、俺はこれで初級の猫語を学んだ」

受け取ってしまうと、カバーの隙間から、中の扉がちらりと見えた。『猫語の教科書』と書いてあってどきりとした。

鴨井の顔を見返す。日頃の彼らしからぬ、シリアスかつ真剣な目でうなずき返された。

「三隅さん。三隅フンフンさん――」

「ほら、順番来たよ」

まさか。いくらなんでもそれは。

藍は混乱しながらフンフンを抱え、診察室に入った。

「さあ三隅さん、どうですフンフン君の調子は」

前提として鴨井は高校の生物教師で、藍より生き物の進化や生態に詳しい。キャロルを飼育している期間も長い。そして二十四歳の大人だ。

対して高三で私大文系志望で、理系の授業は必要最低限しか受けていない藍。ただこちらが勉強不足なだけで、実は猫語を分析するマニュアルのようなものは存在するのだろうか。雑誌のサイエンスかナショナルジオグラフィックあたりをめくれば、『猫語の最前線』という見出しの特集が組まれているかもしれない。家で定期購読している『いぬのきもち』に、犬語の付録が付く日も近いだろうか。

――などということを、顔には出さずに考えていたせいで、目の前の言葉に反応するのが遅れたのだ。

「よーしよし、いいねいいね。だいぶ綺麗になってきたね。来週診て異常なかったら、ひとまず治療は終わりかな」

主治医の熊ヒゲ先生は、診察台に乗せられたフンフンの、長い垂れ耳をめくってライトをあて、中を覗いている。

「……え？」

「聞こえなかった？　フンフン君の湿疹ね、だいぶよくなってきてるから。次でおしまいってこと」

「もう……来なくてもいいということですか？」

「お家でも、あんまりかゆがらなくなってるんでしょう？　フンフン君の場合、点耳薬がうまく入らないから週一で来てもらってたけど、もうお耳の方は薬もいらないぐらい綺麗になってるよ」

思わずそんな先生と言いそうになり、そんな自分にショックを受けた。

「……何か……ずっと終わらないような気がしていました……」

「ははは。なかなかしつこかったからね。でもよくがんばったよ、三隅さんもフンフン君も」

念のためにと、最後の点耳薬を入れてもらい、全身のかゆみ止めを三日分だけ出してもらうことになった。

「ありがとうございます……」

「お大事にね」

早く家に帰ろうと、自分から抱きついてくるフンフンを持ち上げて診察室を出ると、待合室に鴨井の姿が見えた。

長椅子に座ってスマホをいじっていたが、藍に気がつくと小さく手を上げた。トレードマークの優しいタレ目がなくなりそうになる、あの気さくで感じのいい笑い方だ。

そうか。順調なら次で最後ということは、彼とここで会えるのも最後になるということだ。

歩いて家に帰ったら、トレーニングウエア姿の里子が、テレビの大画面に向かってフィットボクシング専用コントローラーを打ち込んでいた。

「右アッパー！　左のフック！」

「がんばって！　息が上がってるわよ三隅さん！　はいパンチ！」

「パンチ！」

「燃やしてカロリー！」

お向かいに住む吉田さんが、セコンドについて応援をしている。

ちょうど一ステージ終えたらしい母が、首のタオルで顔をぬぐいながら振り返った。

「……ちょっとねえ、藍ってば。仮にも娘にそうやって冷たい目で見られると、ママ傷つくんだけど」

「自分の胸に手をあてて、よく聞いてみるといいと思う」

「そう？　もしもーし」

仮ではなくど真ん中の受験生がいて、ペットの治療にもがんばっているというのに、この弾けっぷりはいかがなものだろうか。

「フンフンの具合はどうなの？」

「なあに？　フンフンちゃんたら具合悪いの？」

「そうなのよお。湿疹っていうかアトピー？　最近は犬も人間も変わらなくて困るわよね——」

勝手に話し込みはじめた里子と吉田さんを置いて、藍は階段を上った。

二階の自分の部屋にフンフンを入れると、彼はすぐにベッドへ飛び乗った。

藍も荷物を置いて腰を下ろすと、ベッドカバーの上を一回りしてきたフンフンに向き合い、そのまま土下座で詫びを入れた。

（ごめん、フンフン）

君の具合が良くなって、本当ならこんなに喜ばしいことはないのに、一瞬でもためらってしまった自分をはたきたい。誠に残念でお詫び申し上げる事案だ。

いつの間にか、治療が鴨井と話す楽しい時間に変わってしまっていたのかもしれない。

しかしいまいち気持ちは通じないようで、土下座のポーズもフンフンにとってはお遊びの始まりらしい。伏せた頭をあちこち嗅ぎ回ったあげく、はふはふ言いながら背中へ登頂されてしまったので、藍は謝罪を諦めた。

背中のフンフンを慎重にベッドへ落とし、あらためて横にお座りをさせる。

彼はリュックに少しだけ開いたファスナーの隙間に鼻を突っ込み、前脚で穴を広げようとしている。

「……ん？　どうしたの。それが気になるの？」

動物病院から持ってきた、カバー付きの文庫本に興味があるようだ。

診察前に鴨井がくれたものである。

藍は本を取り出すと、ためつすがめつ表裏と見返してから、思い切ってカバーを取ってみた。タイトルは待合室で見たものと同じ、『猫語の教科書』だ。ポール・ギャリコという外国の人が書いたらしく、可愛い猫のモノクロ写真もある。

鴨井は言っていた。これで猫語を学んだと。

――明日は中間テストの最終日。得意のリーディングと、苦手な日本史が一個ずつ残っている。

一般入試に内申の影響はあまりないとはいえ、推薦もまったく視野に入れていないわけではないし、明日の試験勉強をするのが圧倒的に正しいとわかっている。しかし、このまま放っておくのも気になって気持ちが悪い。

(……ちょっとだけ)

そうちょっとだけだと言い訳をし、まずは一番初めの『編集者のまえがき』なる文章を、どきどきしながら読み始めてみたのだが――。

「……鴨井さんの、大嘘つき」

前書きどころか本文も半分以上読んでしまってから、藍はとりあえずそれだけ言った。

まただ。やられた。嘘つき。ほら吹き。笑顔に注意の適当教師め。

これは別に語学本でも、尻尾の角度で感情を読み取るたぐいの認知行動学のハウツー本でもないではないか。いいや、ある意味ではハウツー本なのかもしれない。たとえば『人間の家をのっとる方法』、『母になるということ』、『別宅をもってしまったら』など、若い猫が人間社会で賢く暮らしていくためのノウハウを、とあるレディなメス猫の視点で解説したマナーブックなのである。

著者はあくまでメス猫ということになっており、ポール・ギャリコは出版社に届いた猫語の原稿を、翻訳編集しただけという体裁を取っていた。『猫語の教科書』の意味がだいぶ違う。

（また騙されたよ、もう）

少々憤慨しながら、残りのページをめくっていく。

これから人間に飼われる若い後輩たちに向け、著者たる猫の言葉はわかりやすく実践的だ。

ユーモアたっぷりの面白い表現に出くわすたび、ほわほわと気持ちが温かくなって、犬派の藍ですら口元がゆるむ。

（……いいなあ）

（すごく可愛い）

読み終わる頃には、なんだか自分もいっぱしの飼い猫になって人間を翻弄して生きていけるような気分になるし、可愛らしくキュートな猫の思考回路を愛しく思えるようになってくるし、生き物全般が素敵に思えて、隣ですやすやと眠りだしていたフンフンを抱きしめ、深呼吸をしてしまったりするのだ。

香ばしく温かい毛並みに頬ずりしながら、藍はしみじみと思った。

出会って世界の色が変わって見えるような、あるいは自身の色を変えたくなるような瞬間というのは、確かにあるのだろう。

風の強い日に見上げた変わり種の花吹雪は、藍の中での始まりの一つ。

この本で今自分はとても幸福な気持ちになっているし、そしてたぶん、これを冗談めかして渡してくれた優しい人との出会いは値千金だったのだ——。

【三隅フンフンの場合】

ねえ藍ちゃん。

ボクのごしゅじん。三隅さん家の藍ちゃんてば。

ちょっとさ、一回落ち着こうよ。ほら、深呼吸とかするといいことあるんじゃないかな。

うん。

基本的に藍のすることとは、全肯定かつ強火の勢いで推すフンフンではあるが、さすがに今回は異様な気がするのだ。

とにかくこの日の藍は、ほとんど日の出と同時に起きだして、苦心惨憺の末に髪型と服のコーディネートを決めたのだ。それでようやく落ち着いたと思ったら、今度は部屋の掛け時計とスマホの荷物追跡サイトを交互に見つめながら、ぐるぐるぶつぶつと歩き回るマシーンと化しているのである。

謎の独り言を呟く間も可愛い眉間に皺が寄り、顔色もよろしくないのでかなり怖い。

「……まだ来ない……配達中にはなっているのに……どうして。ああもう駄目だ。絶対無理。やっぱりお店を回って買えば良かった。失敗した……」

いったい何が失敗なのだ。

フンフンのカンが正しければ、今日は週に一度の楽しい楽しい——たぶん藍視点ではそのはずだ——『きたむら動物病院』に行く日ではなかったのか。

いつもならお出かけ用のリードを付けてもらう時間帯なのに、このままでは靴下で回りすぎてカーペットの接地面から煙が出るのではないだろうか。

「——来た！」

不意に藍がぐるぐるぶつぶつをやめ、部屋の出窓に取りついた。

表に、配送業者のトラックが停まったようだ。あまり運動が得意でない彼女らしからぬ素早さで部屋を飛び出していき、しばらくしてまたばたばたと戻ってきた。

両手に何やら荷物を抱えている。

藍はカーペットの真ん中に座り込むと、そっと壊れ物を扱うように緩衝材入りの封筒を開け、中から一冊の単行本を取り出した。

「……間に合った……」

本を両手に抱きしめ、へなへなとくずおれる。フンフンは心配して近づいた。

「ああ、フンフン見て。『ダーシェンカ』の愛蔵版だよ。覚えてる……？」

生憎とフンフンは人間の文字が読めないが、表紙に印刷されたチンクシャな子犬の写真は見覚えがあった。

「覚えているよね。そこの本棚にあるものと、一緒だから」

そう。なんでもカレル・チャペックなる作家が、ワイヤー・フォックステリアの子犬、『ダーシェンカ』と暮らした日々を綴った本らしい。

藍がペット禁止の社宅暮らしをしていた頃、この本を読んで犬への飢えを癒していたと聞く。

写真やエッセイの合間に、ダーシェンカのために考えた犬用童話も入っていて、藍はわざわざフンフンにも読み聞かせをしてくれたのだ。ちょっとダックスフントの扱いが悪いのが気になったが、人間が書いたわりには犬のツボを押さえていて、特に尻尾と骨の話は面白かった記憶がある。

しかしなんでもう持っているのに、新しく用意する必要があったのか。

藍は真新しい方の『ダーシェンカ』を、用意していたラッピング用の袋に入れ、さらに通院に使っているリュックサックの中へしまった。

「行くよフンフン」

ああ、そうか。フンフンはピンと来た。

あれは鴨井にあげるのか。この間、奴から猫の本を貰(もら)ったから。

贈り物と求愛の法則は、犬のフンフンでもなんとなくわかる。藍ちゃんはメスだし可愛いし、もうちょっとデンと構えていてもいいと思うが、真面目なのもチャームポイントなのだ。

これで藍ちゃんと奴の間のじれったいもだもだも、ちょっとは解消されようというならよしとしよう。

一緒に玄関を出る時は、ただ単純にそう思っていたのだ——。

＊

『きたむら動物病院』の待合室は、相変わらず動物も人間も喋（しゃべ）っていてうるさかった。

『まあオレもね、若い頃はね、相当のワルでならしたもんさ。沢山のメス猫を泣かしてきたんだからよ――』

『病院イヤ。病院キライ。ミンナ死ンジャエ』

『ねえしってる？　ダイエットってね、ごはん食べられないんだって』

『うそー』

いつものように猫のご隠居たちは、昔話と健康トークに余念がない。新顔らしいラブラドール君が、がたがたぶるぶるスマホのバイブのように震えながら呪いの言葉を吐き散らしている。そしてパグ犬の兄弟たちは、太り気味を獣医に指摘されたらしく、『やだねー』『こわーい』と、人ごとのように首をかしげ合っていた。

藍は先に来ていた鴨井とキャロルのところに行き、呼び出しまでの待ち時間を過ごすことにしたようだ。

その鴨井はといえば、

「今日こっちに来る時にさ……変なものを見たんだよね」

顎に手をあてて、おもむろにそんなことを言い出す。おまえの方が変な奴だとフンフンは思う。

「……変なもの、と言いますと」

「こう、電線の上を犬っぽくて猫っぽくてタヌキっぽい、謎な生き物が歩いてるんだよ。とことこと三匹ぐらい」

「そこまで高いところなら、猫ではないのですか」

「いやそれがさ、猫にしちゃでかいし、シルエットがおかしいんだよ。かと言って犬でもなさそうだったし。タヌキって電柱登れたっけとか、色々考えちゃってさ」

「いっそ猿」

「ないない。ニホンザルでもない。かなり長い尻尾があるんだよそいつ」

藍まで難しい顔で、考え込みはじめた。

「マジで前に話したミアキスの復元図が、記憶の中で一番近いぐらい。ほらこれが撮った写真ね。ピンボケで悪いけど」

「嘘っ」

スマホの画面を見せられた藍が、目をむいた。相当そっくりだったようだ。

「……せ、専門家の意見を伺った方がよいのでは」

「で、めちゃくちゃ焦りながら調べたら、ハクビシンだったんだ」

「ハク……ビシン」

「ジャコウネコ科の一種だよ。一応本州にも生息してるのは知ってたけど、まさかこんな街中の電線でお目にかかるとはね。たくましいよほんと」

なんでも鴨井いわく、ジャコウネコと『ネコ』の名はついているが、イエネコやライオンが属するネコ科とは別グループらしい。そして貂やフェレット以上に原始的な肉食哺乳類の特徴を残した生き物がハクビシンとのこと。

「ご先祖様と同じく、本来は森で暮らして、木登りは得意なタイプね。白い鼻の芯って書いて、ハクビシンって読む」

「ああ、確かに鼻筋のところが真っ白……」

そういう鴨井のどこまで本当かわからない与太話に、目を丸くしたり質問したり。総じて楽しそうに話してはいるが、藍はなかなか『ダーシェンカ』の本を出そうとしなかった。

いいのほら。あんまりそいつの話に乗ってもたもたしてると、順番が来ちゃうよ。

「三隅さん。三隅フンフンさん——」

ついに動物看護師に、名前を呼ばれてしまった。

「あ、それでは失礼いたします」

「うん、行ってきな」

そのまま藍はフンフンを抱き、診察室へ移動しようとして——立ち止まった。

「すみません、鴨井さん。もしお時間があるなら、フンフンの診察が終わるまで、少しだけ帰らないでいてもらえませんか」

そう言って鴨井を見つめる藍は、いつも以上に真剣な眼差し（まなざし）をしていたと思う。

鴨井は否とは言わなかった。

「わかった。待ってるよ」

診察室に入ると、フンフンは例によってあちこち観察され、垂れ耳をつまれ中を覗（のぞ）かれる、あの不愉快な儀式を一通り受けた。

「……うん、問題ないね」

満面の笑みで太鼓判を押す熊ヒゲの先生に、藍はぺこりと頭を下げた。

「ありがとうございます。先生のおかげです」

「薬なしでもここまで綺麗（きれい）なら、大丈夫でしょう。また何かあったらすぐ来てね」

「はい、わかりました。お世話になりました」

今回はなんの投薬もなしで、診察室を出た。

受付で、里子から預かったお金も支払う。

そして鴨井は言われた通り、出入り口近くでフンフンたちを待っていた。

相変わらずとぼけて飄々(ひょうひょう)とした雰囲気の、人当たりだけは良さそうな男だ。

「どうかしたの？」

相対する藍は、初期の頃に近い、カチンコチンに緊張する藍である。思い詰めすぎて怖い顔になる、あの悪い癖が出かかっていてハラハラした。

「いただいた『猫語の教科書』を、拝読しました。大変面白かったです」

「あ、そうなんだ。気に入ってくれたならよかったよ」

「はい。猫語を喋れるようには、まったくなりませんでしたが」

「ははは。ばれたか」

「でも、素敵なのでお気に入りになりました。ですからその、鴨井さんも、よろしかったらこれを読んでいただけないでしょうか」

藍はようやく鴨井の前に、『ダーシェンカ』の本が入った袋を差し出した。

「犬にまつわる本の中では、私が一番好きなものなのです」

「……俺に？　貸してくれるの？」

「いいえ、差し上げたいのですが。ご迷惑ですか」

鴨井はとんでもないとばかりに首を横に振ったあと、くしゃりと相好を崩した。

「なんか悪いな。この間のだって、俺が勝手に押しつけたのに」

「そんなことはないです。それに、今日でお会いするのも最後ですし」

笑って袋を受け取った鴨井が、中身を取り出そうとしたところで、固まった。

藍は続ける。

「フンフンの治療は、今日で終了でした。とても短い間でしたが、鴨井さんとお話するのは楽しかったです。どうもありがとうございました」

それは彼女なりに、今日という日に区切りを付けようとする言い方で、床で聞いているフンフンの方が『そんな』と固まってしまいそうだった。

だってねえ、いいのそれ。あんなに、あれだけ鴨井のことを思って、毛皮のかわりに着る服を選んで、毛繕いにも余念がなくて、家に帰ってもじたばた反省大会ばっかりだったのに。

「そっか……」

おまけに鴨井の方まで、物わかりのいい顔になってうなずくのである。

「元気になってよかったね。これから受験とかあるだろうけど、がんばって」

「はい。キャロルも早くよくなるといいですね」

「まあこればっかりはね——」

フンフンは猛烈に腹が立って、腹が立って腹が立って、思わず鴨井に向かって吠えたてていた。

『おまえ、いーかげんにしろっ！』

「フンフン!?」

『このこんじょーなし！　ええかっこしい！　好きなのになんで逃げるんだよ！　ふざけんな！』

鴨井の足下で、歯を剝き出しにして、何度も叫んでやった。

『馬鹿犬、やめなさい！　この子はあなたが怖いのよ！』

『しってるよそんなの！』

キャロルに言われなくても知っている。待合室で何度会っても、絶対に目を合わせようとしなかった。近づいたらさりげなく距離を取られた。

でも、だからなんだ？　怖いからなんだ？　こちらには向けないたぐいの優しさを、藍には見せていたことに、気づかないとでも思っていたのか。

『逃げるな！　ひきょーもん！　ちゃんとむきあえ！』

『本当なのよやめて！』

ペットキャリーにいるキャロルの制止も振り切って、後ろ脚で立ち上がったら、鴨井が真っ青になって後ずさった。それは小型犬を相手にするには大げさなぐらいの後退ぶりで、キャロルが入ったキャリーを踵(かかと)で蹴倒した後、伏せをしていた新入りラブラドールの尻尾まで踏みつけた。

『痛ァイ！』

診察前で気が立っていたらしい、大型のラブラドール・レトリーバーは、踏んだ鴨井に牙をむいた。

「ストップ！　ステイ！」

ラブラドールのご主人がとっさにリードをしっかり握って制止したが、待合室の中は、人も動物もない大騒ぎになった——。

藍ちゃんは、ボクのごしゅじんは、謝った。沢山沢山、謝った。

生真面目が服を着て歩くような性格の体で一生懸命、鴨井にも周りの人にも謝った。鴨井たちが「もういいよ」「怪我はなかったんだから」と言っても、下げた頭を上げなかった。

帰りの道は歩かせてもらえず、藍の腕に抱かれたまま家に帰った。

小ぶりの唇を色が変わるほど噛みしめて、眉間に皺が寄るほど思い詰めた横顔からは、ただ『悲しい』と『後悔』の匂いだけが、絶えず漂っていた。

(ごめんなさい)

二階の私室まで来てから、藍がリードを外してくれた。

彼女はしゃがんだままの姿勢でこちらを見つめ、小さくかすれた声で問うてきた。

「どうしちゃったの……？　鴨井さんね、もう少しで噛まれて怪我をするところだったんだよ……？」

藍がここに来るまでに沢山謝ったのは、フンフンがヒトの言葉でごめんなさいが言えないからだ。

ここでもフンフンの気持ちは、藍に伝わらない。

ただ大好きな君に、笑ってもらいたかっただけなのに。

「わかってるよ……私、びっくりしてすぐに止められなかった。私のせいだ……でも」

藍はにじんでくる涙を、手の甲で乱暴にぬぐった。

「最後だったんだよ今日……っ」

そのまま床に座り込んで泣き出す藍の側(そば)にいて、フンフンは心の底から悪いことをしたと後悔した。

泣かないで藍ちゃん。お願いだから。

お願いだよ——。

【三隅藍の場合】

「…………怠(だる)い……」

時間というものが、ただただ無意味に、非常にやくたいもない形で消費されていく。

全てが無駄で生産性がなく、しかし藍自身にはどうすることもできなかった。

藍は全身の倦怠感(けんたいかん)に体を重くしながら、チェックのパジャマ姿でリビングのソファに寝そべっている。

ただいま三隅家で一番大きなテレビは、誰一人見ていない日曜朝の特撮番組を、延々とたれ流している。庭に面した掃き出し窓は全て開け放たれており、晴れた南東寄りの日差しで明るくなった部屋の中を、里子がかける掃除機の騒音だけが響いていた。

「ねえ藍ー、今なんて言ったの？」

「……怠いなあって言った……」

「そんなパジャマでだらだらしてるからでしょ。着替えて勉強したら？」

「昨日夜遅くまでやったから、今はいい……」

さっぱり頭に入らなかったことは、言わずにいようと思った。

もう自分は駄目かもしれない。ちょっと手をのばしてテレビのリモコンを握り、見ない番組を消すかチャンネルを変えることすら億劫(おっくう)なのだ。このまま生ける屍(しかばね)となって、受験も何もかも失敗するのだ。いっそワカメかクラゲになって波間を漂いたい。

「フンフンの病院は？　連れて行かなくていいの？」

「だからそれはもう、必要ないんだって……前にも言ったでしょ……ばっかじゃないの……」

「おー、こわ。思春期こわ」

茶化すように言われて、藍は寝そべったままふてくされたくなった。

先々週まで続いていた、フンフンの動物病院通いは、すでに終了している。藍なりに考えた有終の美――せめて悪い印象を残さず、いい話し相手であったと思ってもらいたかった目論見(もくろみ)は、物の見事に外れた。ただ想定から外れるだけでなく、周りにも被害を及ぼす最悪の幕引きになってしまった。

一番近くにいた鴨井も含めて、あの日あの場所にいた全ての人たちに申し訳なかったし、この程度ですら自分には高望みだったのだと思うと、藍は無性に自分をやめたくなるのだ。

「はい、藍」

特撮ヒーロー番組の爆発を背景に、里子が犬用のリードを渡してきた。

「……何これ」

「病院も勉強もないなら、せめてフンフン連れて散歩でもしてきなさいよ。川口西公園とか」

「えー……」

なぜその三択なのだと思った。川口西公園は駅前の大きな公園なので、往復するとそれなりにかかる。

「夕方になったら、そのへんを適当に回ってくるよ……」

「だめ。あなた最近、生気が消え失せてるもの。もう少し運動した方がいいわ」

「えー……」

「ママと一緒にフィットボクシングでもいいけど」

「もう遅いよ」

リードを出して『散歩』というワードを口にしてしまえば、うちのフンフンが黙っていないのだ。

案の定、ダイニングテーブルの下で涼んでいたチョコレート色の毛玉が、あっという間に起きてリビングに走ってきた。

「わう！」

「はいはい。わかったよフンフン。行こうねお散歩……」

目を輝かせて四つ足のステップを踏む犬に、諦めてリードを付ける。

二階に行って適当な服に着替えると、散歩バッグにスマホと財布だけ入れて、玄関を出た。


（あつ……）

家の中にいて感じていた以上に、外は晴れて気温が高かった。

絶えず風はあって、湿度も低いので、藍の方に不快感はないが、アスファルトを裸足(はだし)で歩く犬の方はどうだろう。もうそろそろ六月である。

特にダックスフントは胴長短足、他の犬より地熱の影響を受けそうだし、フンフンの毛皮は日光を集めやすそうなチョコレート&タンであった。

しかもフンフンは、ただいま徒歩十五分の公園に行く途中ながら、三歩進んでは立ち止まって電柱や街路樹を嗅ぐのに余念がなく、ちっとも前進しないのである。

犬なのに牛歩とはこれいかに。

「フンフン、ほら進もうよ」

声をかけるも、動きはない。

「フンフン?」

リードを軽く引いても、反応なし。

――わかった。もういい。

ここで引き返そう。家に帰るのだ。

やる気がない犬につきあうほど、藍もやる気があるわけではないのだ。里子への言い訳もできたし、潔く公園行きを諦め、家に帰るべくリードを引いた。しかしフンフンは、足を突っ張って頑として動かなかった。

(ちょっと)

ただでさえ地面に近い体をさらに低くして踏ん張りつつ、なお歩道の植え込みを嗅ごうと鼻面をそちらへ向けているのである。驚きの執着だ。

「……そこに何かあるの？」

嫌な予感がした。

もし食べ物でも落ちていて、拾い食いでもしようものなら大変である。藍はかなり強引にフンフンを植え込みから遠ざけ、彼が気にしていた場所を覗き込んだ。

あったのは、猫の餌やり用の煮干しでも、フライドチキンの骨でもなかった。

（カード……？）

なんだか薄汚れた感じの、紙製のポイントカードのように見える。

手に取って裏返した藍は、息を呑んだ。

『きたむら動物病院　診察券』
『飼い主　鴨井』
『ペット名　キャロル』

ポイントカードではなく、動物病院の診察券だ。

思わずあたりを見回した。車道を挟んだ向こう側に、『きたむら動物病院』の建物と駐車場が見えた。

通院最終日の苦い思い出から、この道自体、なんとなく通ることを避けてきた。でも、少し前まで毎週この道を通って、あの建物に行っていたのだ。

一番最初。四月初めの気まぐれな風にのって、悲鳴をあげる鴨井の声が蘇（よみがえ）った。

そう、きっとあの時のだ。藍には言わなかったが、お金や診療明細などに交じって、診察券も一緒に飛んでいたのだろう。そして今日までここに落ちたまま、フンフンが気づくまで見つからなかったのだ。

（……届ける？）

まず思った。この時間なら、キャロルと一緒に待合室にいるかもしれない。

でも、会ってどうする？　何を言うの？　あんな目もあてられないことになって、相手も呆（あき）れているだろうに。意気地なしのくせに冷静な自分が囁（ささや）きかけてくる。藍は今の今まで、答えを持ち合わせていない。

診察券を見つけたフンフンが、歩道にお座りをしたまま、じっと藍を見上げている。二、三回、ゆっくりと尾を振った。

褒めてもらいたいのだろうか。

葡萄（ぶどう）のように丸い目で、行かないの？　と言われたような気がした。

「……ごめん。やっぱりいいよ。こういうものはね、たぶん再発行しているだろうし、今さら意味ないと思うし──」

早口に言って帰ろうとした──その時だった。


「三隅さん‼」


藍のためらいも戸惑いも、その一声が全て踏み倒した。

動物病院の自動ドアから、籐かご風のペットキャリーを提げた鴨井が飛び出してくる。

「三隅さん。やっぱりそうだ。ちょっとそこいて！　十秒！　いいね動かないで！」

右手を突き出し待ったをかけつつ、目の前にある信号も何もない道路を、ガードレールを越えて横断してくるのだ。

「だめ、あぶな」

折しも左から走ってきた軽トラックが、飛び出した鴨井を轢きそうになって、ぎりぎり急ブレーキで止まった。運転席から「気をつけろ！」と怒声も飛ぶ。鴨井は構わず走る。スニーカーの足で、こちら側のガードレールをまたぎ越えた。

「な、何をやっているんですか、鴨井さん！　駄目ですよ死んでしまいますよ先生のくせに！」

「……今それ関係ない……」

なんだそれは。開き直るな。

いい大人のはずの鴨井は、安全な歩道までやってきて、荒い呼吸を繰り返した。

「また会うチャンスを貰ったんだ。君にどこか行かれる方が嫌だ」

真っ直ぐ目を見られて、うつむくか顔をそむけたくなった。

まともに合わせる顔がないからためらっていたのを、あらためて思い出した。フンフンのリードを握りしめて、けっきょく下を向いた。

「三隅さんさ、あの時——待合室であったこと、ずっと気にしてたよね。今もそう？　そんなに責任感じなくていいんだよ」

「そういうわけには、いかないです。あれは絶対あってはいけないことでした。冷静に止められないなら、この子の飼い主失格です。鴨井さんにも、怪我をさせるところでした……」

「それは、俺が大げさなぐらいびびったからだよ。フンフンが怖かったから」

——怖いの一言に、藍は思わず顔を上げた。

鴨井は、事実なのだと首肯した。

「大昔……上の妹をかばって、嚙まれたことがあってさ。ちょうどフンフンみたいな、ミニチュア・ダックスフントだった。その時から犬全般が苦手なんだよ」

「……知りませんでした……」

ワックスで散らした髪をかきあげる左手は、言われてみれば一部うっすらと色が違う箇所があった。古い傷、嚙み痕に見えなくもないものだ。

「そう。ええ格好しいな俺は、こういう大事なことを言わずにすまそうと思ったんだ。その方が幻滅されずに終われるってね。おかげで君の下の名前がなんなのかすら、聞いてないから知らないままだよ。ものすごく後悔したんだ、君の記憶の中でまともでいることより、もっと会って話したいことがあったんじゃないかって」

訥々（とつとつ）とした喋（しゃべ）りの中に、藍でも共感できる心を締め付ける言葉が混ざってきて、泣きそうになった。

わかる。私もそう。

あの一時を共有するのが嬉（うれ）しくて楽しくて、だからこそ怖くなって、綺麗（きれい）に終わらせることばかり考えてしまった。自分なんてと言い訳をして、続ける望みを幕引きの潔さにすり替えた。どうです神様、せめてこれぐらいは叶（かな）えてくれてもいいでしょうと。

卑屈で卑怯（ひきょう）な願いだ。

本当はこのまま終わりでいいなんて、心から願ったことはなかったのに。

「……藍です」

「なに？」

「藍です。名前。三隅藍。藍色の藍」

勇気を出して告げると、鴨井がくしゃりと、童顔気味の顔をほころばせた。

「そっか。藍ちゃんか」

「鴨井さんは？」

「俺は心晴」

「こはる？」

「心晴れやかって書いて、心晴。女に間違われやすいんだけどね」

聞いた藍は、思わず彼の後ろにある空を見上げた。

心晴。今ここにある、雲一つない初夏の快晴のような名前ではないか。

「綺麗な名前です」

「どうもありがとう。なんかイメージ青いよね、お互い」

「本当ですね」

偶然の一致がおかしくて、藍も口元をゆるめた。

「そう。だからさ、やっとフルネームがわかったんだから、今度はちゃんと友達になろうよ」

差し出された手は、藍があのまま終わらせていたら存在しなかったものだ。嬉しくて、「はい」と言って握り返した。温かくて大きな手だった。

「連絡先も教えてくれる？」

「もちろんです。お友達ですから」

「今のところはね」

フルネーム鴨井心晴はにこにこしている。真意の見えない台詞(セリフ)である。友という座にあぐらをかくことなく精進せよ、解消はいつでもありうると言いたいのだろうか。

もっともな話である。勝って兜(かぶと)の緒を引き締めよだ。

「承知しました。よろしくお願いいたします」

「楽しくやろう」

腑抜(ふぬ)けた顔にならぬよう気をつけて、藍はうなずく。

色々厳しいこともあるが、これはたぶんローマにも通じる大きな一歩なのだ。

【三隅フンフンの場合】

そうやって人間同士が立ち話をする一方、地面に近いところにいるフンフンは、ペットキャリー内にいるキャロルと座り話をしていた。

『……っていうわけでね、ボクはあっちからあいつの匂いがするぞーってピンと来たもんだから、できるだけがんばって引き留めてみたんだよ。藍ちゃんなら気づいてくれると思ってさ。イチかバチかの賭けってやつ？』

キャロルは相変わらず高慢ちきな白猫で、フンフンの手に汗握る武勇伝を聞いても、つまらなそうな顔をしている。

『ま、おバカなイヌでも使いようってとこね』

『なんだとう』

『そもそもね、あなたがギャンギャンばうばう吠(ほ)えなかったら、心晴は怖い思いをしなくてすんだし、あたくしも洗濯機の洗濯物みたいにぐるぐる回らなくてすんだのよ』

『むう』

それを言われると、立場がない。

『心晴が噛まれた時はね、けっこう大変だったのよ。幼稚園の制服と鞄にまで血がついて、包帯ぐるぐる巻きで戻ってきたんだから』

『……君さ、ほんとにいくつなの？』

『レディの年を訊くなんて失敬よ』

　あのでかぶつが幼稚園の制服を着ていた時代なんて、とても想像できない。試しに今の姿で水色のスモックを着た姿をイメージしたら、かなり変なことになった。

　現実の心晴と藍は、お互いのスマホを取り出し、連絡先の交換を始めている。ガードレールに肩を並べて、なんだかすごく楽しそうだ。

「ところでさ、藍ちゃん」

「なんですか？」

「もしかして、矢口高雄もファンなの？　渋すぎない？」

　心晴はじっと、藍ではなく藍が着ている『釣りキチ三平』Tシャツを凝視している。ちょっと前までクローゼットの奥にしまい込んでいたのに、最近また部屋着に使いだしたものだ。

「たぶんそれ、横手市増田まんが美術館のショップでないと買えないやつ……」

「いいえ、これはっ！　これも昔近くに住んでいたものでっ。本当にご近所だったものでっ」

「ますます羨ましいんだけど……」

ここからは、フンフンの独白だ。

なあ、鴨井心晴とかいう人間の男。ボクはそこで真っ赤になっている藍ちゃんのことが大好きだ。ちょっと不器用だけど、真面目で一生懸命な女の子だ。

その良さは当然わかってるだろうけど、もし君が藍ちゃんを泣かせたり、人間のくせにオオカミになってがぶっと行くようなら、ボクは君を襲う二度目の犬になってやろうと思う。けっしてようしゃはしないから、かくごしろよ。

これは藍ちゃんに一番愛される犬としての『ちゅうこく』だ。

ぐっどらっく。健闘を祈る。

ふたつめのお話　ドッグランのワンマンショー

【鴨井心晴の場合】

チャイムが鳴る。起立、礼、着席。学生にとってお決まりの動作。

それを『する』側ではなく『される』側になって、はや二年が過ぎた。

総勢四十名ちょっとの視線が、心晴一人に向けて突き刺さる。なんとも言えぬプレッシャーをはねのけ、声を出す。

「それじゃ、前回の続きから。教科書七十五ページ――」

私立美園学院といえば、埼玉県さいたま市の東端に位置する、生徒数八百人ほどの中高一貫校だ。埼玉の県庁所在地にして、複数の市が合併してできたこの市は、平坦で広い。公立私立ともに進学校がひしめきあう、旧浦和市街地のあれとかそれとかこれとかに比べれば、郊外にあって歴史が浅い美園学院の偏差値はそこそこだ。特進クラスはあるものの、スポーツと道徳教育に力を入れ、指定校推薦の枠の多さで確実に生徒を進学させることに定評がある中堅校という地位に落ち着いている。内部のゴタゴタはご多分に漏れずもちろんあるが、表向きはそういうことになっている。

鴨井心晴、二十四歳生物教師の職場である。

朝からホームルームと受け持ちの授業を二つこなし、心晴は職員室に戻ってきた。

教師としての心晴が校内で白衣を脱ぐのは、盆と正月ならぬ入学式と卒業式の時のみだと言われている。実際はもう少し多いが、おおむね誤差の範囲だろう。

机での事務作業に向き合う前に、休憩用の缶コーヒーに口をつけ、自席近くの窓辺に立った。

ここから見えるのは、第一グラウンドとテニスコートだ。どちらも体育の授業中で、大勢の生徒がジャージ姿で汗を流している。

「――何か気になることが？」

ふと気づくと、背後に校長の葦沢（あしざわ）が立っていた。

四角い顔に四角い体。目の形からして笑っていて、ダブルのスーツを好んで着込む好々爺（こうこうや）といった雰囲気の男だ。生徒はもちろん教員に対しても、細やかな気遣いを忘れないタイプである。

「鴨井先生の教員生活も、今年で三年目ですか。理想と現実のギャップにぶつかることもあるでしょう。私でよろしければ、お話を伺いますよ」

「いえ……自分はむしろ、己の職業倫理感の高さに感心していたところですよ」

「ほほう？」

心晴は地上の潑剌（はつらつ）とした光景から目を逸（そ）らさず、あまり感情のこもらぬ声で言った。

「この学校の中にいる限り、俺は中高校生の集団がチンパンジーのコロニーに見える……」

「大変見上げた根性ですが、絶対に生徒と保護者がいる前では口にしないように」

「了解です」

もちろんだ。心晴は即答した。

「や、チンパンジー可愛（かわい）いっすけどね。オスもメスも。よく鳴いてやたら拍手して」

「気持ちはわかります。私の場合はワオキツネザルでした」

「ですよね。そういう可愛さですよね。早く文明を見せてあげたい的な」

葦沢も元は理系の科目を受け持っていたので、割合話が合うのだ。

「ということは、ですよ鴨井先生。学校の外ではまた違うと？」

「そうですね。最近オフで『友達』ができたんですけど……」

心晴は缶コーヒーを飲みながら、しみじみとした気分で呟いた。

「これがまあ不思議なことに、ちょっと堅物入った人間に見えるんですよ――」


『最近どう？』

心晴が訊ねると、藍から間を置かず返信がきた。


『ずっと雨続きで、フンフンが拗ねています。こちらの勉強を邪魔します』

『大変だね』

『週末に雨がやんだら、川口西公園まで行って沢山遊ぼうと言い聞かせています。わかってくれるといいのですが』

『そうか。俺も晴れたら自転車乗ろうかな』

『それは名案だと思います』

『いつもの店にいるよ。時間あったらおいで』

自宅は職場から、車で三十分少々。就職で実家を出る時、飼っていた猫を連れて行かない選択肢はなかった。よって心晴が今いるアパートは、勤務先の美園学院まで車で通え、ペット可物件であること以外、あらゆる面で妥協をしまくっている川口市内の1DKである。

そして、藍に話していた、問題の週末がやってくる。

心晴が眠る布団の周りでは、何やら生き物がうにゃうにゃとちょっかいを出し続けている。

「………ん……頼むキャロル、もう少し寝かせてくれ……あと五分……そう………」

がぶり。

「いってえよ！」

たまらずベッドから飛び起きると、こちらのアキレス腱を狙って噛んだ飼い猫が、無邪気な声で「なー」と鳴いた。

(飯か。わかったよ)

キャロルに急かされるまま、心晴は渋々布団から出る。

これは単なる雑談だが、聞いてもらえるだろうか。どこぞの米国人遺伝学者が、世界中にいるヤマネコとイエネコのＤＮＡを千匹近く集めて、片っ端から比較研究してみたらしい。そのど根性な研究の結果、路地裏の野良猫も、ペットショップにいるお高い猫も、全て例外なくアフリカのリビアヤマネコを始祖にしていることが判明したそうだ。

野生のヤマネコは警戒心が強く、決して群れない。人にも慣れない。イエネコになっても大人の猫同士なら、こんな風に『にゃーん』とは鳴かないものだ。

つまりこの愛らしい声は、完全に対人間用。

一万年前にリビアヤマネコが家畜化していくにあたって、調整した機能の一つだと言われている。

ちまたで見慣れた猫たちは、砂漠や熱帯雨林に隠れていた時代の警戒心や恐怖反応を少しだけ捨て、かわりに人間に面倒をみさせる方向へ順応していったわけである。

心晴も他のネコ科の鳴き声はともかく、キャロルが何を言っているかぐらいはなんとなくわかる。これでも長いつきあいなのだ。

幼稚園時代、お遊戯会に出るのが嫌でふて寝をしていたら、キャロルに『ご飯ちょうだい』と言われてたたき起こされた。続いて小学校時代、リトルリーグの大事な試合で落球してふて寝をしていた時も、キャロルに『ご飯ちょうだい』と言われてたたき起こされた。

無視をするとターゲットを人ではなく、充電コードや教科書といったものに変えてかじりだすようになったのがこのあたりである。知恵の獲得だ。

中学校で祖父が亡くなって落ち込んでいた時も、キャロルは空気なぞ読まなかった。心晴は彼女のために、泣きながら猫じゃらしを振った男である。

高校や大学時代、バイトのミスや失恋でへこむこともあったが、それでも変わらずキャロルは要求を通し続けた。やれ遊べ、お腹が減った、それは嫌。反応するまで手を替え品を替え、しつこく続けるところまで一緒である。

そして今、社会人生活三年目。相変わらず心晴はキャロルにたたき起こされ、彼女のご機嫌を取り食事を用意する役を仰せつかっている。

動物病院で買ってきた療法食を、脚付きの皿に載せてキャットタワーの中段に置くと、キャロルは軽快に飛び乗って食べはじめた。

この光景だけは、本当に何年たっても変わらないように思う。

せいぜいしぶとく長生きしてくれよ、だ。心晴の傍若無人な女王様。

「……ちょっとは遠慮しろと言いたいところだが、おまえの内臓の数値でそれだけ食べられれば充分だな」

「なーん」

完食を見届けてから、心晴も自分の支度に移る。

実は最近、心晴はいくつか生活習慣を変えたのだ。

まず天気予報をチェックして、雨でないなら土日のどちらかは早起きをして外に出ることにしている。眠気の残滓（ざんし）はシャワーで洗い流し、玄関に立てかけていた折り畳みの小径自転車（ミニベロ）を持ち出してサドルにまたがった。

（じゃ、キャロル。ちょっとひとっ走りしてくるな）

ペダルを踏み込むと、アパートの窓越しに、物珍しそうにこちらを見送る飼い猫の姿が見えた。

自転車は、何かというと車で移動しがちだった心晴が、最近購入したものだ。LINEで車体を見せたら、例の『友達』にも好評だった。

梅雨明け前とはいえ、朝の涼しい時間帯に川沿いのコースを選んで小一時間ほどペダルを漕（こ）ぐのは、なかなか気持ちがよいものだ。

最終的にたどりつくのは、駅前ホールの川口リリアにほど近い、川口西公園脇のカフェである。店の名は『Café BOW』といった。

「おはようございます、加瀬（かせ）さん。テラス席使ってもいいですか」

「はい、いらっしゃいませ。どうぞお好きなところをお使いください」

まだ店を開けて間もないせいか、店主の加瀬はウッドデッキのテーブルを拭いているところだった。

見た目はインド人か平井堅か阿部寛かという濃い顔立ちの男だが、生まれも育ちも埼玉県鴻巣市の免許センター近くで、特に海外の血は入っていないらしい。そういうバックグラウンドを、三回ほど通って心晴は知った。

自転車をウッドデッキの近くに駐め、デッキ上のテラス席に腰を落ち着ける。

「いいですね、ミニベロ。折り畳みですか」

「そのへん走るには、充分ですよ。たまには運動しないと鈍ると思って」

「いつものモーニングでよろしいですか？」

「お願いします」

店は朝七時半から開いており、日替わりのモーニングセットが充実していた。

注文を終えると、持ってきたタブレットを取り出し、ニュースチェックや仕事の資料作りなどにいそしむ。

しばらくすると、加瀬がコーヒーとプレートを持ってきた。

セットのコーヒーは香りと酸味が強めな、タンザニア産キリマンジャロだった。日替わりのプレートは、ツナとチェダーチーズを挟んだホットサンドだ。

まだ熱いうちにかぶりつくと、溶けたチーズにツナが濃厚に絡み、粗く刻んだ玉ネギがよく効いていた。自家製だという、ミックスピクルスともよく合った。もちろん砂糖なしのブラックコーヒーとの相性も抜群だ。

(うまい)

ああ、平和だ。

早寝早起き、適度な運動に美味なる朝食。場所を変えれば仕事も捗る。

今自分は、端から見れば大層充実した都市型生活者に見えるだろう。

「ぶほん」

心晴は、コーヒーを堪能する姿勢のまま固まった。

その鼻息とも咳払いともつかない謎の音は、心晴がいる席から三メートルほど離れた場所から聞こえてきた。

同じウッドデッキの床に、犬が一匹、伏せをして休んでいる。できるだけ意識しないようにしていたのに、心拍数が一気に跳ね上がる。

(やめろお犬様、こっち見るな)

犬はバセットハウンドという犬種だった。垂れ耳で、鼻面が長い胴長短足。全体に固太りで、どっしりとした体型だ。押井守の映画にやたら出てくる犬という意味で覚えていたが、実際に見ると思っていたよりずっと大きい。心晴が苦手なミニチュア・ダックスフントと同系統だが、五倍ぐらい体重がありそうだ。小型犬ではなく中型犬なのだ。

犬はその場で立ち上がって、固太りの体をぶるぶると揺すると、心晴の方へ二メートル移動してからまた伏せの体勢に戻った。

（あああ……）

一気にコーヒーの味がしなくなり、心晴は心の中で涙をのんだ。本当に、これさえなければいい店なのに。

今さら言い訳はすまい。心晴は犬が苦手だ。幼い頃に噛まれて怪我をして以来、生理的な恐怖の対象になっている。

このバセットハウンドは『Café BOW』で飼われているオス犬のヨーダで、インスタでも大人気の看板犬らしい。

そう、たぶん世間的に言えば、店のチョイスを誤っているのが心晴なのだ。店は店名からして犬推しだし、看板犬のヨーダが常時うろうろしているし、ウッドデッキのテラス席はリードフックも付いていて、店をあげてペット同伴歓迎という態勢になっている。ただのカフェというよりは、ドッグカフェ的な面が強い。

この道を少し行くと、犬の散歩もできる大きな公園があり、そこの利用者を客として見込んでいるようなのだ。

「すいませーん。テラス席、二名と二匹いいですかー」

「大丈夫ですよ。ワンちゃん用のお皿使いますか」

「お願いします！」

そうこうしているうちに、心晴の周りの席もヒトと犬で埋まっていく。散歩帰りらしい主婦二人組に、加瀬がお冷やと犬用水飲み皿を出していた。

こうしていても落ち着かないし、せめて心晴のような人間は、客の犬が入ってこない店の中にいるべきかもしれない。

しかし、あともう少しだけここで待たせてもらいたいと心晴は思う。

たぶん昨日のLINEでやり取りした感触では、そろそろ彼女も通りかかりそうなのだ。

――お、来た。

本日の三隅藍は、日本人形のような容貌の頭に、カジュアルな日よけのサファリハットをかぶり、Tシャツとデニムのスカートを合わせていた。

Tシャツは以前にも見た漫画家縛りではないが、どこぞのミュージアムショップのものだろう。転勤族だったせいで、それこそ全国各地の美術館や記念館でグッズTシャツを買ってもらう風習があったのだという。聞けば聞くほど羨ましい環境とご家族だ。

「藍ちゃん、おはよう」

心晴がテラス席から手を振ると、愛犬のリードを握る藍が、その場で丁寧に頭を下げた。

「おはようございます、心晴さん」

「散歩終わった？　お疲れさん」

適切な距離感と清潔感。いわくこの二つの『感』は、成人男子がクズな本音を隠して社会で生きていくための必須項目なのだそうだ。

最初に出会った時から、『三隅さん』は通りすがりの心晴のために、親身になってつきあってくれるような女の子だった。性格は非常に律儀、かつ真面目。いま高校三年生で、将来は資格を取って福祉の仕事がしたいと聞いた時、口では『いいね。応援するよ』と耳心地のいいことを吐きつつ、成績や生徒指導のことを考えずにこれぐらいの子と話をするのはこんなに開放的なのかと思っていた自分は、クズと言うより壊れ気味だったのかもしれない。

単純に楽しかったのだ。平日は高校生相手の仕事に追われ、週末の空いた時間は飼い猫の治療のために待合室に詰めていた、憂鬱で退屈なあの時間。聡（さと）い彼女とたわいもない話をするだけで、気分が上がった。

「心晴さんは、ここでお仕事をされていたのですか」

「最初はね。後半はただぼうっとしてたわ。コーヒー飲みながら屍（しかばね）のように」

「お疲れなんだと思います。休憩は必要な時間だと思います」

冗談めかした心晴の台詞も、藍は大抵真面目に受け止める。

動物病院の待合室で、お互いフルネームすら知らない状態から一歩進み、『藍ちゃん』『心晴さん』と呼ぶ友達になったわけだが。

(でもまだまだ硬いなあ)

心晴も最初は打ち解けてもらおうと、あれこれ工夫をしたものだが、これ以上は個性の問題かと半ば諦めつつある。

「暑かっただろ。立ってないでさ、そこ座りなよ。冷たいものでも飲みな」

「いえ、私は大丈夫です」

「フンフンにも、水入れてもらおうね。ここOKらしいからさ」

そこで藍は初めて、迷うそぶりを見せた。

「……どうもありがとうございます。それでは、お言葉に甘えて失礼します——」

ほらな。

真面目で律儀でお堅くて、それでもタイミングが合えばこうしてペット可の店で彼女の飼い犬も一緒に茶を飲んだりする。犬恐怖症の心晴としては極めてチャレンジングな現場であるが、藍も好きな対象にはハードルが下がるようなのだ。

まあでもこれはこれで待合室の再現で、心晴としては非常に和むので悪くはない。

今時入試や就活の面接でも、ここまでかっちりはやらないだろうという馬鹿丁寧さで、藍が心晴の向かいに腰掛けようとする——その時だった。

「何やってんの、アイ」

彼女の腕を、後ろから無造作につかんで引き留める人間が現れた。

目深にかぶったキャップ、半袖パーカー、太めのスケーターパンツにスニーカーと、全てを黒で固め、全身から漂う威圧感が半端ない。

(——でか)

まず真っ先にそれを思った。実際かなりの長身だ。

「汰久(たく)ちゃん」

「アイの知り合い？」

年の頃はたぶんハイティーン——藍と同年代だろう。

眼光鋭くも顔立ちは精かんで、バタ臭いハンサムや現代的なイケメンというよりは、男前と表現したくなるタイプだ。ある意味、心晴のような迫力に欠ける人間としては一度はなってみたかった外見である。繁華街のヤンキーにも舐(な)められるまい。

「汰久ちゃん。この人はね、鴨井心晴さんだよ。高校の先生をしているの」

「アイのところの？」

「ううん、別の学校だけど。フンフンの病院で、よく一緒だった人なの」

──一つ──気づいたことがあった。

あの藍が、普通に喋(しゃべ)っている。

敬語ではない。タメロだ。年相応の女子らしく。高校生らしく。

(なんだ……やっぱり喋れるんじゃないか)

考えてみれば、四六時中あのお堅い面接モードでは、浮くどころではないだろう。私生活でまともにやれているのであれば、めでたいとさえ言えた。

ガチガチに壁を作るのは、やはり心晴が心晴だからなのか。

「──さん。心晴さん」

「え、なに?」

つい考え事が過ぎて、反応するのが遅れた。

「大丈夫ですか、犬……汰久ちゃんのところのカイザー、けっこう大きいのですが」

言われて心晴は、もう少しで椅子から転げ落ちるところだった。

おい。なぜこんなに恐ろしいものが、今まで視界に入らなかったのか。

例の男前な少年、本人自身もでかいのに、自分の腰ぐらいまである大型犬を引き連れているのである。

赤茶、漆黒、白の三色に染め分けられた毛皮は、その巨体のせいでイエイヌというより野生の獣といった風格がある。なんだよコレ。外国とかにいる犬じゃないの？　グリズリーやヒグマと戦うルート入ってない？　日本で飼っていいの？　許されるの？　大量の突っ込みと疑問符が脳内を飛び交う。

「ほら、やっぱり駄目だよ汰久ちゃん。心晴さんは犬が苦手だから、カイザーを近寄らせないであげて」

「え、なに。この人犬ダメなの？　本気で？」

ああ三隅藍ちゃんよ。いくら事実でも、そこをあからさまに伝えないでほしかった。

藍に言われた少年は、飼い犬――テーブルのリードフックに繋がれるフンフンを嗅ぐ姿は、石油タンカーと釣り船ぐらいの差がある――を、自分の側へと引っ込めてくれる。心晴は言い知れぬプレッシャーが消えてほっとするが、少年はあからさまに小馬鹿にした目線をくれた。

「どうもすみません。アイの知り合いの人なら、大丈夫かと思ってました」

体裁として謝ってはいるが半笑いで、謝罪の意などまるでないのがありありとわかってしまった。これも日頃の生徒指導室で、たびたびお目にかかると言えばかかるものだ。

逆に仕事の感触を思い出して、冷静にもなれた。

『呼び捨て』に『知り合い』か。まったくマウントが露骨すぎるぞ、青少年。

「……一応、慣れようとはしているんだよ。その犬、セント・バーナード？」

「違います。バーニーズっす。バーニーズ・マウンテンドッグ」

言われても初耳だった。

「名前は……カイザーか。立派だね」

「別に無理しなくていいっすよ。むっちゃ声震えてますし」

うん、それは脅し（ブラフ）だ。心晴は笑顔を維持した。

「汰久ちゃん、心晴さんに失礼だよ」

少年の無遠慮を見かねたのか、藍が言った。

「了解。アイにも叱られたし、俺は先帰るな」

彼はすれ違いざま、藍がかぶっているサファリハットを片手で持ち上げて、手を離すのを忘れなかった。悠々と歩くバーニーズなんとか犬と合わせて、こちらに見せつけるかのようだった。

藍が斜めにずれた帽子を胸に抱え、右向け右でこちらを振り返る。

「申し訳ありません。汰久ちゃんが色々とご無礼な真似（まね）を」

「いや、藍ちゃんが謝ることないだろ。座りなよ」

心晴に勧められて、今度こそ藍は席についた。注文を取りにきた加瀬に、アイスティーとフンフン用の水飲み皿を頼む。

「ずいぶん仲がいいんだね」

「汰久ちゃんは……近くに住んでいる犬友なのです」

「いぬとも……」

主婦のママ友みたいだなと思う。

犬を飼っていると、近隣の犬飼いと散歩先がおおむねかぶるので、自然とそういう交友関係ができあがるものらしい。

汰久は『蔵前精工（くらまえせいこう）』という、市内では珍しくない町工場の跡取り息子で、工場横の大きな一軒家に家族やカイザーと暮らしているのだという。

「私……通知表で積極性にバツが付くタイプで、転校が多いわりに友達を作るのもあまり上手ではないのですが……こちらに越してきてすぐにフンフンをお迎えしたのは、本当に良かったと思っています。おかげでご近所で仲良くしてくれる人が、けっこうできました」

「そうなんだ……」

「汰久ちゃんは、一番最初の犬友になってくれたのです」

運ばれてきたアイスティーに口をつけ、藍は小さく微笑んだ。

なんだろう。思ったよりも、腹の奥がざわざわと言っている。

犬友自体、室内飼いの猫飼いである心晴には、あまりない概念である。散歩先で飼い犬を通じて友達を作るように、動物病院で作った友達が、心晴なのかもしれない。そう考えると、あの少年と心晴の立場になんの違いがあるだろう。

(『タメ口』で『呼び捨て』だぞ。あっちの方が上だろ)

こちらは回り道の果て、ようやく知り合いに毛が生えたレベル。いかん。上下で語るたぐいのものではないとわかっているが、深掘りすると落ち込みそうだ。

藍とはそれから十五分ほど茶飲み話を続け、藍のグラスが空になると、彼女は丁寧な感謝の言葉を述べて店を離れた。例の距離感たっぷりな敬語表現が切ない。

犬。犬友。犬の友か。

心晴はウッドデッキに寝そべる看板犬ヨーダを観察し、お冷やを替えに来た店主の濃い顔を見上げた。

「何か?」

「質問なんですけど。犬って……どうやったら仲良くなれますかね」

「はい?」

＊

『今日は話せて良かったよ。ただいまチャリにて帰還。シャワー浴びてビール飲みたくなってるのを我慢中』

『私も楽しかったです』

『藍ちゃんも、来週も時間合うならおいで』


そんなやせ我慢全開のやり取りを藍としたのは、先週のことだ。

平日は可愛いモンキー相手に授業をし、本日も心晴は、みぞおちに猫を乗せた状態で目をさました。

「……おお。おはようキャロル。すげえ重いぞ……」

「なー」

いつもながら手を替え品を替え、『ご飯ちょうだい』への要求がすさまじい女王様である。主の心晴を肉座布団か、自動餌やり機ぐらいにしか思っていないのかもしれない。もしくは暇つぶしの遊び相手。

（だがそれがいい）

心晴は粛々と寝床を出て、猫の朝餉の支度に移る。

規定量の療法食を皿に入れると、窓の外を見た。食事中のキャロル越しに見える景色は、雨もやんで、日差しも強すぎない薄曇りだ。

「……運動しろってか」

ミニベロを足にサイクリングコースを回り、朝七時三十分きっかりに、開店したばかりの『Café BOW』に到着した。

ウッドデッキの看板犬、バセットハウンドのヨーダが、存在感のあるアート作品のように横たわっている。心晴は店内の加瀬に声をかけた。

「すいません、いつもの席使ってもいいですか？」

「ああ、結構ですよ。ご注文も同じでよろしいですか？」

問題ない。もはやルーティンの会話だ。

自転車をロックして駐め、定位置のテラス席に腰を下ろし、汗が引く頃にはコーヒーと朝食のプレートが運ばれてくる。いつもながら素晴らしいと思う。

本日の日替わりモーニングは、ニューヨーク式のベーグルサンドとフライドポテトだった。モチモチと歯ごたえのあるごま入りのパンに、空きっ腹で豪快にかぶりつく。

具は——クリームチーズと、サラダ菜とスモークサーモンだ。こういう時に付け合わせのポテトが冷めてしなしなだと台無しだが、この店に限ってそれはないという信頼がある。太めの皮付きポテトは塩気もほどよく揚がっていて熱々である。

（最高だ……）

深煎りのコーヒーにはあえてミルクをたっぷり入れて、マイルドなカフェオレの味を堪能していたら、藍の姿が見えた。

心晴の癒しの時間に、さらなるボーナスタイムが加算された。足下にちょこちょこと動く小悪魔がいるが、気にしすぎなければどうということはない。心晴はカップをテーブルに戻した。

「おはようございます」

「おはよう、藍ちゃん。座りなよ。何頼む？」

「へえ、なんかいいもん食ってますね、鴨井サン」

ボーナスタイム、秒で終了。

（終わるの早すぎないか）

——直後に図体のでかい男前が現れたので、心晴の気分は一転してブラックになった。

蔵前汰久。藍の大事な犬友か何か知らないが、今日も全体に黒が多めの格好で、巨大な猛犬を引き連れているのは変わらなかった。

犬のリードを後ろ手に持ちつつ、わざわざ藍の頭の上から心晴のプレートを覗き込んでくる。

「俺にも奢ってくれるとか、ないすかね」

「そこであつかましい台詞が吐ける根拠は、いったいなんなんだろう」

「さあ。大人の余裕とか？」

あるわけないだろう、そんなもの。ＵＭＡぐらい存在が怪しいぞ。

「まあ、言ってみただけなんで、別にいいんですけど」

「いいのかよ」

汰久はこちらを挑発するように、にっと口の端を引き上げた。

「それより鴨井サン、良かったらこれからドッグラン行きません？」

「は？」

「アイも三人で」

「ちょっと汰久ちゃん」

少年は無遠慮すれすれの真っ直ぐな目で、指を三本立ててみせた。

なんでもこの近くの荒川河川敷に、犬が自由に遊べる公園があるのだという。

ふだんからそれなりの運動量を求められる大型犬を飼う汰久は、近所の散歩以外にもよく河川敷の方に行って、思う存分ノーリードで走らせてくるらしい。

（ノーリード……そんな地獄の一丁目みたいな公共施設が許されるのか……）

想像して血の気が引く心晴の前で、藍が汰久を咎める。

「汰久ちゃんってば、どうして私のことまで勝手に決めているの」

「え、でもさっきアイもボール遊びさせたいって言ってただろ。鴨井サンも一緒は嫌なのか？」

「う……」

痛いところを突かれたようで、藍も黙り込んだ。

「鴨井サン、犬に慣れたいって言ってたじゃないすか。だったらこんなとこにいるより、ドッグラン行った方が早いですよ。色んな犬に会えますよマジで」

こちらが即答しなかったら、汰久は嫌みったらしく付け加えた。

「ま、やっぱり克服は口だけっつーなら、よけーなお世話っすね。聞かなかったことにしてください」

わざと煽（あお）られているとわかっていても、腹は立つものだ。

さきほど大人の余裕などＵＭＡと同レベルと言ったが、もう一つ『大人げ』もまた実在が怪しいと心晴は主張したい。

「とんでもない。ぜひともご一緒させてほしいよ」

「やった。それじゃ、決まり決まり」

オフでまで寛大でいられるか。心晴は売られたケンカを思い切り買った。

さっそく席を立ち上がり、ここまで自分が飲み食いしたぶんの勘定を、店の中ですませた。

外に出ると、藍が心配そうに待ち構えていた。

「そんな顔しないでよ。たかだか公営のドッグランに行くだけだろ?」

「すみません……あれから汰久ちゃんに心晴さんのことを色々訊かれて、私もよい方で素晴らしいお友達だと説明をしたのですが……どうも信じていないみたいで。きっと私の説明の仕方が悪かったのだと思います。すみません」

そりゃ信じないだろうよと思う。

「まあ、牽制されてる感じはずっとあるけどさ」

「え?」

「君のことが好きでしょうがないんだろうなあ」

冗談めかして当てこすったら、藍は赤くなって慌てるどころか、鳩が豆鉄砲をくらったように目を見開いて固まった。

そのまま神妙な顔つきで一言、

「……………そうですか」

え。ちょっと待って。何その微妙な反応。リアルっぽくて俺の方がいたたまれないんですが。

「二人とも、いつまで話し込んでるんだよ。早くしないと真っ昼間になって暑くなるぞ！」

一足先に路上へ出て、カイザーとフンフン二匹ぶんのリードを任された汰久が、声を張り上げている。

心晴は、むりやりにでも明るく笑った。

「とにかく、心配する必要はないと思うよ。俺もおとなしく見学させてもらうだけのつもりだし」

「だったらいいのですが……」

「それに蔵前君の言う通り、少しずつでも慣れたい気持ちはあるんだよ。いつまでもフンフンが怖いですっていうのも、締まらないだろ」

「心晴さんは、努力家で偉いと思います」

「ボール遊びって、あれ？『取ってこい』とかできるの？」

「取りに行くだけならできます。くわえたまま戻ってくる確率は、半分ですね」

「ああ、それは是非見たい」

藍もようやく、硬かった表情を和らげた。


心晴たちが暮らす川口市は、川の口と名にある通り、一級河川の荒川を挟んで東京都に隣接する街だ。某埼玉映画のように関所があるわけではないが、電車や車で都内に行きたければ巨大な橋を渡る必要があるし、その下に広がる土手と河川敷を見ないわけにはいかない。

汰久が言うドッグランは、そんな鉄橋の上からも見える河川敷の一角にあった。

（へえ……こんな風になってたのか）

芝生をフェンスで仕切ってあり、その中でのみリードが外せる仕様らしい。午前中の早い時間帯だが、すでに何匹も犬が走り回っているのが見える。

土手のサイクリングコースを自転車で走ったこともあるが、隣のバーベキュー会場や、同じ河川敷のグラウンドや自動車教習所の方が記憶に残っていた。無意識に視界から追いやっていたのだろうか。

「ここのドッグランは、大型・中型犬用と、小型犬用で、エリアが分かれているのです」

「じゃあ、フンフンとカイザーは別なのか」

「そういうことっすね。行くぞ、カイザー」

汰久がリードを引き、早々に大型・中型犬用の入り口へ走っていく。

何かというと心晴に絡んでくる少年だが、カイザーを運動させたいという目的だけは、はっきりしていたようだ。少し大人げなさを反省しなければと思った。

「どうします。心晴さんは、私と一緒に小型犬の柵の中に入りますか？」

「いや……まずはここでいいよ。外から見学させて」

「そうですか、承知しました」

「柵越しでもね、『取ってこい』の勇姿は見せてもらうから」

心晴が笑って言うと、藍は「がんばります」と大真面目に受け止め、フンフンと一緒に小型犬エリアに移動していった。

（さて）

こちらは自分で言った通り、外から中の様子を見学させてもらうことにした。

河川敷という立地上、柵の内側に小さな休憩用の屋根とベンチがあるだけで、周りに日にしのぎやすい。

差しを遮るものがいっさい何もない状態だが、すぐ目の前が水場で川風があるぶん、意外

逃走防止であろう、二段階のドアを開けて、藍がドッグランの中に入る。

フンフンを繋いでいたリードを外して散歩バッグの中にしまうと、かわりに小さなゴムボールを取り出した。しゃがんで、フンフンに匂いを嗅がせる。いい、これを取ってくるんだよと言い聞かせているのが、ここからでも聞こえてくるようだ。

充分にボールの存在を認識させると、満を持して投擲の体勢に入る。

(さあピッチャー)

(大きく振りかぶって)

(投げた！)

投げる手と踏み出す足が同じ側の残念なフォームで、ゴムボールが放られた。

そのボールを追って、フンフンが走り出す。短い脚もなんのその、超低空飛行の黒い弾丸だ。芝の上でバウンドするゴムボールの軌道も見失わず、お見事ボールに追いついてくわえることに成功する。

おお、やるじゃないかあの黒毛玉。

「いいよ、戻って！」

藍が凛々しい声で号令をかける。

フンフンは口にゴムボールをくわえたまま、再び軽快に走り出す。両手を広げてしゃがんで待つ藍の――五メートル手前で直角に曲がった。

藍の、『ガーン』としか言いようのない、衝撃を受けた顔と言ったらなかった。

「……フンフン！　だめ！　追いかけっこじゃないんだから……！」

最終的にはボールをくわえることすら忘れ、自由に遊びはじめたフンフンを、藍が必死に追いかける。

心晴は柵にしがみつき、肩を震わせながらも懸命に笑いをこらえた。ダメだ。ダメダメだ。そして可哀想になるほど藍が可愛い。これだけで来てよかったと思えるほどだ。

（動画撮ったら怒られるよな）

絶対に平日のドロドロに疲れた時に効く、癒しの映像になると思うのだが。

フリーダムに走るフンフンを捕まえ、鼻と鼻がくっつかんばかりの近距離で、こんこんと諭している姿もよいものだ。

心温まる光景を目に焼き付けていると、わっと反対側で歓声があがった。

いったい何事かと思えば、大型・中型犬用のエリアからだった。

蔵前汰久とバーニーズ・マウンテンドッグのカイザーが、芝生の真ん中に向き合って立っている。

互いの距離は、三メートルほどだろうか。

汰久が「シット」と短く号令をかけると、カイザーはその場に腰を下ろす。

「ダウン。ロール・オーバー」

さらには伏せの姿勢になり、汰久が指し示す方向にごろりと一回転した。『スタンド・アップ』の指示で立ち上がり、『ウォーク』で前に歩き、『ラン！』で一気に敷地内を加速して走る。

馬術をする際の褒め言葉に、『人馬一体』という言葉があるが、この場合は『人犬一体』だろうか。汰久が出すコマンドに、カイザーが即応する。そこにはなんの障壁も困難もない。

息の合ったパフォーマンスは続き、軽く馬跳びの馬の体勢を取った彼の背中を、カイザーの巨体が悠々と跳び越えていった。

（やるな）

最後、汰久はカイザーを元の位置へ戻してお座りをさせた後、「バン！」と人差し指をピストルの形にしてカイザーを撃った。カイザーは、お約束のように巨体を倒して死んだふりをした。

その頃にはもう、ドッグランにいた人間全てが彼らの『ショー』に夢中だったので、やんややんやの大喝采が上がった。汰久はかぶっていたキャップを取って声援に応え、カイザーは芝に倒れたまま尻尾を振った。

「すごいねえ」

「あんなのできるんだ」

これからドッグランの中に入ろうとしていた若夫婦が、興奮気味に話している。

本来のドッグランの趣旨からは外れているようにも思うが、思わず観客になってしまう気持ちもわかる。きちんと訓練された犬と人は、ここまで気持ちよく連携して動けるものなのかと、心晴ですら感心したぐらいだ。

汰久は起き上がったカイザーを抱きしめ、あらん限りの褒め言葉を浴びせている。

そしてふと視線を他に移せば、小型犬用のドッグランにいる人たちも、柵越しの見物人が鈴生り（すずなり）になっていた。あろうことか藍もいて、目を輝かせて拍手をしていた。

――なるほど。別にエリアが離れていようが、アピールする自信はあったというわけか。天晴れ（あっぱ）だ、青少年。

一時的なワンマンショーの熱狂が終わると、またそれぞれ自分たちのペースで飼い犬とのふれあいや遊びに興じるようになる。

（お犬様、か……）

あらためて大小のドッグランを、柵の外から冷静に見る立場になると、まあ犬と一口に言っても色々だとわかってくる。

犬種の違いはもちろんだが、周りの犬にはいっさい目もくれず、ただただ自分の飼い主だけを見て、飼い主が投げる玩具にだけ反応するタイプもいれば、犬同士でじゃれあうのが楽しい社交的なタイプもいる。どちらにも目もくれず、ひたすらソロでドッグラン内を走り続けるストイックなあの柴犬（しばいぬ）は、人間で言うなら陸上部所属の一万メートル出走予定者だろうか。

そう思うと、リードを外したはいいものの、ひたすら地面に寝そべり一ミリも動かないあの犬も、なぜか皆に背を向けて、柵の隅を掘りだすその犬も、どこかで見たような気がしてくるのだ。

「――サン。鴨井サン！　おおい！」

呼び声に振り返れば、大型・中型犬のドッグラン内で、汰久が手を振っていた。

真剣な目で「ちょっとこっち来てくれませんか」と手招きをしてくる。

「俺？」

「そこの扉から、入れますから。マジピンチなんです。頼みます」

何か知らないが急ぎのようだ。心晴は言われるまま、二枚ある扉を開けてドッグランの中に入った。

リードを付けたカイザーを引き連れ、汰久が駆け寄ってくる。

「どうかしたの」

「よかった助かった。あの、俺ちょっとトイレ行ってくるんで、こいつのこと見ててやってくれませんか？」

「え」

「すぐ戻ってくるんで！」

「いやちょっと待って！　見てろって、蔵前君！」

「あざーす！　カイザーそこにいろよ！」

汰久はどさくさの勢いで、リードの持ち手をこちらに押しつけると、ダッシュで柵の外へ走っていってしまう。

心晴もたまらず後を追いかけようとしたが、手に持ったリードががくんと引っ張られて抵抗を受けた。

巨体が──超大型のバーニーズ・マウンテンドッグが、口の端からよだれをたらして立っている。

周りにいる犬も、どれもこれも小型犬にはあらずの大きさで、ほとんどがノーリードだ。

（……まずい）

非常にまずい。

心晴はごくりと、生唾を飲み込んだ。

鮫がうようよと泳ぐ海に、海パン一丁で取り残された気分であった。

【三隅フンフンの場合】

「いいフンフン。よく聞くんだよ」

なんだい藍ちゃん。ボク聞くよ。

「今から投げるものは、これだよ。これをよく見てね」

フンフンの鼻先に、蛍光色のゴムボールが差し出される。

すでに何度かやったやり取りであった。しかしそれを不満に思うフンフンではない。

「ほら、フンフン取ってきて！」

アイサー！

ボールが投げられた瞬間、フンフンは張り切ってスタートを切る。『取ってこい』ごっこは子犬の頃からよくやったし、ご先祖様はドイツの猟犬。追いかけることには自信がある。芝生に落ちて転がったボールを、うまくタイミングを合わせて飛びついて捕まえ、口にくわえた。見てくれ、惚れ惚れするほど華麗なテクニックだ。

「いいよ！　こっちに来て！」

帰還の合図を受け、フンフンはボールをくわえたまま、藍のもとへ走る。

藍ちゃん。藍ちゃん。

どう、褒めて、ボクちゃんとやれるよ！

（あっ、ちょうちょだ！）

その瞬間、フンフンの頭の中はパーンと弾け飛んだ。

ちょうちょだ！　ちょうちょだ！　蝶々だ！　ちょうちょ。ちょうちょ。頭の中はそれ一色。ほら見て藍ちゃん、ちょうちょだよ。ちょうちょ！　ひらひら飛んでるよ！　大きいね、飛んでるね、すごいすごーい！　ちょうちょ――！

「――フンフン、ストップ。止まって」

全力でアゲハ蝶の飛行を追いかけて吠えていたら、体が浮いた。藍にすくい上げられていた。

「落ち着いてよ。どうしてそっちに行っちゃうの」

地面から足が浮いてもなお、フンフンは走り続けた。だめだよ離してくれ藍ちゃん。ボクにはあの蝶を追うっていう、スーコーな使命が。

「ボールはどうしたの」

——あ。

「あそこに落ちているの、見える？」

ドッグランの端に、フンフンが取ってくるはずだったゴムボールが転がっていた。よそのお家(うち)のフレンチブルドッグに、くんくんと嗅がれてしまっている。

『ねー、これだれのー？　遊んでいい？』

いやだめ。できればやめてあげて。

フンフンはようやく、走るのをやめた。短い脚と尻尾が、だらりと下がる。

藍の目を見るのが辛(つら)い。

「本当に気分屋だよね、君は。すぐに他のことが楽しくなっちゃう」

まったく面目ない……ボクとしたことが、蝶のスパイ工作員に惑わされてしまった。

「あはは、ぜんぜんダメじゃん」

汰久が通りがかりにボールを拾い、大笑いしながら近づいてきた。

「そもそもアイに、飼い主の威厳が足りないんだよ。もっとびしっと命令しないと。

な？」

　最後はフンフンへの呼びかけだった。

「汰久ちゃん、一人なの？　カイザーは？」

「ああ、あいつはまだ大型のランにいるよ。鴨井サンに見てもらってる」

　フンフンの頭をなでながら、汰久が答える。

　ふだんカイザーのような頑丈な巨体を相手にしているせいか、その手つきは少々乱暴で痛いぐらいだが、悪い奴じゃないのは知っていた。

「心晴さんだけで……？」

「びびってないか心配だって？　まあ確かに面食らってたし、今頃震えて真っ青かもな」

　汰久よ。君はボクをなでるのに忙しいみたいだけど、だからこそ忠告するよ。

　逃げて。じゃなきゃ謝って。ボクを抱える藍ちゃんは、未だかつてないレベルで恐ろしい顔をしているぞ。


【鴨井心晴の場合】

　――ここは海だ。でかい鮫がうようよする海。

そう思う心晴の先には、ロックされたリードのワイヤー一本で繋がった超大型犬、バーニーズ・マウンテンドッグのカイザーがいる。

大きい生き物というのは、それだけで生命力の圧というものがあると思う。たとえばあの、頑健そうな太い前脚を見よ。小柄な成人男性なみの体重がありそうな体躯に、開けた口から覗く立派な犬歯も。よく発達した顎の形状から見ても、こちらを押し倒して喉笛に噛みつくなど造作ないことだろう。

いっそ託されたリードの持ち手を手放して、この場を離脱したい気持ちもあったが、それをしたら人としておしまいなことはわかっていた。

(どうする、俺……)

あれから心晴も軽く調べてみたのだ。このバーニーズ・マウンテンドッグなる犬種、心晴が間違えたセント・バーナード同様、スイスの山岳地帯がルーツのワーキングドッグらしい。農村で物資を運搬したり牛を追ったりが主な役目だったようで、狩猟や警備を目的とした犬より比較的温厚な性格が多いとの話だが、そんなもの実際に犬に噛みつかれた側としては掛け捨ての保険にもならないのだ。

本気になった動物の力は、強い。それはもう、大抵の人間の想像より強い。キャロルの『ご飯ちょうだい』など、ただの甘噛みだ。たかだかミニチュア・ダックスフントの本気嚙みですら、流血し骨が見えかけたのを心晴は身をもって知っている。

イエネコがあのサイズなのは、それ以上大きければ人では御しきれないからだという説もある。

（……というかな、いつまでトイレ行ってんだあいつは！　蔵前汰久！　大か。踏ん張ってるのかこの野郎！）

心の中で、ウンコ野郎とあだ名を付けて気を紛らわせた。大人のすることではないが知ったことかと思った。

彼が残していったカイザーが、後ろ脚で頭をかいたり、その場で身じろぎをするだけで、こちらは冷や汗が出て血圧は乱高下する。

何をしても相手を刺激してしまいそうで、余計に今居る場所から身動きが取れない。

極限状態の中で思い出したのは、やたらと濃い顔の埼玉県民『Café BOW』の店主と、ウッドデッキに寝そべるバセットハウンドであった。


『犬って……どうやったら仲良くなれますかね』

『はい？』

心晴は以前、加瀬に聞いたことがある。

『……お嫌いなんですか、犬』

『嫌いというか……正直に言いますと怖いです。昔噛まれたことがありまして』

率直に打ち明けると、向こうはより困惑の表情を浮かべたものだ。

『いや、すいませんわかります。ならなんでこの店選んだんだ、ですよね。ほぼ毎週ですし』

『いえ、そちらについてはあまり。たぶん後から合流されるお客様のためだろうなというのは、見当がつきますし』

ピッチャー返し。率直には率直で返された。

心晴の方こそ返答に困り、手元のブラックコーヒーを飲むことに集中してしまった。ばればれであったというわけか。

『……確かに俺としても、このままじゃまずいのはわかってるんですが……きっかけが自分でもつかめないんですよ。どうしても噛まれた時の意識が先に来るんで』

『それでも仲良くなりたいと』

『はい。何かいい手はないですかね』

加瀬は思案げに顎をおさえた。

『無理にどうこうするものでもないと思いますが……うちのヨーダがそこにいるのも、ひょっとして苦痛だったりしますか？』

『少し。ちょっとだけですね』

『了解です。なら鴨井さん、ちょっとこちらに来ていただけますか』

加瀬は心晴を、ヨーダから離れた場所に立たせた。

当人は、あらためてヨーダの方を向く。

『犬と安全に仲良くする方法ですが、基本的には他の動物とあまり変わらないと思いますよ。相手の視界を塞がないとか。できるだけ目線を近づけるとか』

『それでもいいです。その基本を確認したいんで』

『まず初対面で近づく時は、できるだけ相手の直線上には立たない。サイドからゆっくり行くといいと思います』

加瀬は真正面からやや横にずれてから、軽いカーブを描くように、寝そべるヨーダへ歩み寄ってみせた。

『顔の変化を見ているといいですよ。耳を前の方に向けて、鼻に皺を寄せて歯を見せはじめたら警戒してますから、それ以上無理はしない方がいいです。耳を後ろに倒して唸りだしたら、より強い嫌悪と恐怖心を覚えています。こうなるといつ攻撃に転じてもおかしくないですから、即撤退。諦めることも大事です』

『何か色々身に覚えが……』

『ヨーダは今のところ、そういった気配はないですよね。まあうちの犬ですから、当然といえば当然ですか』

加瀬は小さく笑った。

『近づいても、いきなり触るのはやめた方がいいです。特に頭とかは急所ですし、上から視界を塞がれるのは嫌がります』

『めちゃくちゃファーストコンタクトが難しいんですが』

『タイミングに関しては、向こうに選んでもらうのが手っ取り早くて簡単ですよ』

そう言って加瀬がその場に片膝をつくと、拳の甲をヨーダに向けた。

『目線を下げて、敵意がないことを示す。興味があれば、向こうの方から寄ってきてくれますから』

なるほど。本当に相手に任せるというわけか。

『ヨーダ、おいで』

加瀬が名前を呼んでしばらくすると、ウッドデッキに寝そべっていたヨーダが立ち上がり、よたよたと近づいてきた。

猫のような頭突きの挨拶こそなかったが、加瀬の突き出した甲をよく嗅いで、舌で舐めてから尻尾を振った。

『こうやって充分にこちらの存在を知ってもらえたなと思ったところで、最初は頭から遠い場所……胴体、首周りあたりをなでて、それでも平気そうだったら頭に行くといいです。警戒されたらすぐに位置は戻して』

『……技と段取りですね。なんか行けそうな気がしてきましたよ』

『これ、犬同士のコミュニケーションでも一緒なんですよ。取っ組み合いになって片方を引き剥がそうとするでしょう、うかつに持ち上げちゃうと目線が変わって、敵が大きくなったと思って余計興奮したりするんですよ。はは』

加瀬の言うことは、今思い返しても含蓄深いものばかりであった。


——そして今、鴨井心晴の前に攻略せねばならないボス犬がいる。

(とりあえず、前に噛まれた時みたいな鼻の皺は寄ってない。唸ってないし、歯も剝き出しじゃない)

心晴は観察しながら、ごくりと生唾を飲み込んだ。

他に何があっただろうか。脳内で、加瀬のアドバイスを一・五倍速で流してみた。

『——警戒のサインとは逆に、敵意がない場合のサインもあるんですよ。カーミング・シグナルっていうんですけど。たとえばあくびをするとか、目を逸らすとか、体を揺するとかかくとか』

ここだ。停止しろ。体をかく。さっきやっていなかったか、そういえば。

思う心晴の目の前で、カイザーが大口を開けてまた閉じた。

牙の鋭さにどうしても目を奪われがちだが、今のはどう見てもあくびに違いない。

（つまり……少なくとも警戒はされてないってことか）

敵とは思われていないようだ。

心晴は試しに、カイザーの真正面に立たないよう一歩脇にずれ、片膝をついた。かじられたら最後だと思いつつ、片手を差し出してみる。

「い、今さらだけど、よろしくなカイザー……鴨井心晴だ」

声の震えで、内心のびびりが伝わらなければいいと思う。

加瀬いわく、コミュニケーションのタイミングは、相手の都合に任せるのが肝だそうで。名前を呼んだまま待っていると、カイザーが巨体を揺らし、ゆっくりと近づいてきた。さらに心晴の手を嗅ぎ、べろん、と大きな舌で舐めた。

（うおお……）

気持ちは地獄の番犬に味見をされている感じであったが、最後までじっとして耐えた。

一つ意外であったことは、思ったよりも犬の舌が柔らかかったことだ。ザラザラとやすりのように目が粗い猫などの舌に比べると、もう少し人間の舌に近いというか。なめらかで痛みはまったくない。

「さ、触ってもよろしいかな……？」

羽箒（はねぼうき）のような尻尾がゆっくりと動きはじめたので、心晴は舐められた右手でカイザーの胴体をなでてみた。

黒、白、茶と、三色に染め分けられた毛皮。なでるこちらの手が埋まりそうなほど、ふかふかと豊かなコートだ。その下に、頑丈な骨格があって筋肉がついているのがわかる。

（おまえ……本当にもっこもこだなあ。こんなんで埼玉で暮らせるのかよ）

カイザーをなでながら、余計な心配までしてしまった。

気がつけば、心晴が物心ついてから一番近くで犬と触れ合っている状態であった。こうなってもカイザーは非常におとなしく、心晴がその場に腰を下ろすと、すぐ側（そば）で一緒にお座りと伏せをした。

深い琥珀（こはく）色の目は、落ち着いてから見れば非常に穏やかだ。

どうして昔は、こうならなかったのだろう。

心晴は過去の記憶を、脳味噌の地層から掘り起こしてみた。一番苦くて痛い思い出だ。

あれはまだ幼稚園の頃で。一番下の妹が生まれるのに合わせて、上の妹と一緒に母方の従兄の家に預けられたことがあった。その家には、ミミという名のミニチュア・ダックスフントが一匹いた。

当時歩きはじめたばかりの妹が、ミミを追いかけ尻尾をつかまえようとした。嫌がるミミが唸り声をあげる。

（そうだ。嚙まれると思って燿里を抱き上げたんだ。そうしたらその手に嚙みつかれた――）

心晴は、まだ嚙み痕がわずかに残る手の甲を、反対の手でおさえた。なんということだ。加瀬に言われたことを踏まえれば、やったことは犬の地雷を踏みまくった自業自得ではないか。

「そういうことかよ、くそ……」

自分も痛い目に遭って泣き、妹も怯えて泣き、気づいた大人たちが大勢やってきて大騒ぎになり、記憶は被害の意識だけが大きくなってすり替わった。ミミは無遠慮なちん入者から、身を守ろうとしただけだったろうに。

犬自体に苦手意識ができたせいで、ミミのその後はあまり知らない。年齢的にとっくに亡くなっているだろうが、無性に謝りたかった。

「――心晴さん！」


今さらな懺悔をしていると、遠くで声が聞こえた。

フンフンを両手に抱えた藍が、汰久を伴って大型・中型犬用の敷地内に入ってくる。

ああようやく来たか、このウンコ野郎はと思った。

心晴はカイザーのリード片手に、立ち上がる。藍がすぐにそれを引き取った。

「大丈夫ですか？　お怪我とかは」

「ないよまさか。カイザーもおとなしかったし――」

心晴が言い終わるよりも前に、藍が振り返って声を張り上げた。

「汰久ちゃん！　早くここに来なさい！」

びっくりした。それはまさに、あの藍をして『雷を落とす』というにふさわしい一喝であった。

指名の汰久が目の前に来るのを辛抱強く見守ってから、藍はあらためて二重柵の方角を指さした。

「あれ。ドッグランの入り口の看板、見たよね？　『飼い主は犬から目を離さない』ってルールがあるんだよ。どうして放ってうろうろしたりできるの」

「………だから鴨井サンに見ててって頼んだんじゃん。リードだって付けてたし……」

「そうだね。苦手な人に押しつけて、怖がっているのを見て笑いたかっただけだよね。そういう意地悪に使われて、カイザーが本当に可哀想（かわいそう）！　私もがっかりだよ」

頭一つ小さい藍にどやされて、小声で反論していた汰久も、ついには唇を噛んでうつむいた。

「汰久ちゃんね、いくつになったの？　まだランドセルで学校に行っているの？」

「ちがう……中一……」

はあ？

心晴は、場もわきまえず素っ頓狂な声をあげそうになった。

「ご、ごめん二人とも。蔵前君って、年は今……」

「十二歳ですよ」

絶句するしかなかった。

てっきり藍と同年代だと思っていたのに――。

「もう大きいからと、油断していました。洒落（しゃれ）ですむ悪戯（いたずら）とすまない悪戯があることは、私が教えてあげなければいけませんでした。申し訳ありません心晴さん」

「なんてこった……チンパンジーなら月齢刻みでわかるのに……」

「え？　飼育員さん？」

そうではない。本業の話だ。

へたに学校の外にいたせいで、観察の目が鈍っていたようだ。中等部でわらわらしているお猿の一匹だと思えば、これぐらい発育がいい男子もいないわけではない。中身は大抵年相応の、ピグミーマーモセットだ。

隣に藍がいたから、余計に変なフィルターがかかっていたのかもしれない。

「そうか……中一か……ならメス犬に『皇帝（カイザー）』なんて名付けるのも納得だ……」

「それ言うなよお！」

赤い顔で汰久が反論する。

ちなみにドイツ語で女性の皇帝や皇妃は、カイザーではなくカイゼリンになる。『なんか響きが格好いいから』で名付けをすると、こういう罠（わな）に陥るのだ。

【三隅フンフンの場合】

去りゆく荒川の川面が、遠くきらきらと玩具のビーズのように光っている。

今日はボール遊びに蝶の追跡と、実によく遊んだものだ。

フンフンの友達のカイザーは、土手の道をのっしのっしと歩きながら、身内の不始末に胸を痛めている。

『ほんと鴨井の兄さんにはごめんなさいしなきゃだわあ。うちの坊がおバカだから』

『大変だね』

『毎度藍ちゃんに叱ってもらうのも、申し訳なくなってくるわ』

性格はおっとりと温厚、お手やお座りどころか、難関『取ってこい』も完璧な姐さんなのに、フンフンには縁のない悩みがつきないようだ。

なんでも名付け親が小学生の頃の汰久なせいで、『ゴジラ』か『カイザー』か『カッドン』かの三択から付けられたらしい。メスなのに悲劇である。

そのおバカな『坊』は、カイザーが言う通り藍の説教を受けている。

「ほら汰久ちゃん。ちゃんとね、心晴さんにも謝るんだよ。僕のせいで怖い思いをさせてすみませんでしたって」

ここ一年で異様に大きく育った汰久は、むくれきった顔で横を向いた。

「汰久ちゃん！」

「…………カイザーは噛むような犬じゃないし」

「そういう問題ではないの」

「藍ちゃん、もういいよ。言いたいことはわかったから」

鴨井心晴が、『まあまあ』と言わんばかりに割って入った。

「甘過ぎませんか、心晴さん。こういうことはちゃんとしておかないと、後々の示しが」

「誰に対して示しをつけたいのかって話でもある。俺に対してなら、そういうのはいらない。藍ちゃんはどう？」

口調としては飄々としていて、特段咎める響きもないのに、藍がしゅんとした。いけすかないイケメンめ。

「……わかりました。ここまでにします」

「それよりカイザーだよ。こんなに長い間、一緒にいられた犬は初めてだ。おとなしくて感動したよ俺は」

カイザーが、『あらあ、褒められちゃったわあ』と嬉しそうに尻尾を振った。

汰久は心晴と目が合って、慌てたようにキャップのつばをかぶり直す。きっと大事な相棒を褒められた照れ隠しだろう。大人なみに育った体の、耳が赤い。

『ありがとうね、鴨井のお兄さん。この子は私たちファミリーの末っ子よ。じいちゃんばあちゃんにお父さんお母さん、兄さん姉さんに工場の社員さん、ご近所の犬友さん。たっくさんの人に好かれて、好きなものを増やして、そうやって大きくなるのよ。とても楽しみ』

本当に愛されていると思う。

カイザー姐さんの思いやりは、たぶんヒトには伝わらないけれど。

「……は、ひひひ」

なぜか汰久が笑いながら、心晴の背中を何度も叩(たた)いた。

「だよな。わかってるじゃねえのコハル！」

「痛いっておい」

見守る藍だけが呆(あき)れ顔(がお)だったが、たぶんオス同士はそういう収まり方もあるのだ。ヒトもきっと同じなのだろう。

【鴨井心晴の場合】

翌週も心晴は、『Café BOW』のテラス席で藍に会っていた。

ガーデンテーブルの向かいに腰掛ける藍は、犬の散歩の途中なので、ミュージアムショップのTシャツとサファリハット、足下はスポーツサンダルというラフな格好だ。しかし顔立ちが小作りな日本人形系なので、あまり崩れた印象はない。バニラアイスが載ったティーフロートを飲む仕草も、どことなく上品だ。

「だいぶ暑くなってきたね」

「はい。もう梅雨が明けるかもしれません」

ふと気になって訊いた。

「そういえば、今日はカイザーと汰久たちは？」

あの外見と中身にギャップがあるコンビ、姿が見えないと見えないで落ち着かないものがあった。

「汰久ちゃんたちは、これからしばらく夜と明け方の散歩に切り替えるみたいです」

「ええとそれは……カイザーのため？」

「はい夏なので」

なるほど。あの触ってもわかるたっぷりとした毛皮は、冬はともかく夏場は大変そうだ。

「うちももう少ししたら、時間帯をずらすと思います」

「そうだよな。確かにあれは暑そうだ。いっそバリカンでがっつり刈って、ベリーショートとかにできないのかな」

「地肌が見えそうになるほど短くするのは、かえって危ないらしいです」

「あ、そうなの？　坊主頭と一緒？」

「はい。中の毛を梳くか整えるぐらいなら、よいのですが」

それよりはよくブラシをかけて、中のアンダーコートを徹底的に減らした方が、断熱の役割が期待できるのだという。

「フンフンは、トリマーさんにお願いして、湿疹が出やすいところだけ短くしてもらっています」

「なるほどね……じゃあカイザーに関しては、汰久にがんばってもらうしかないんだな……」

藍が口元をゆるめた。

「すっかりカイザーのことを気に入っていますね、心晴さん」

「そりゃ成功体験は大事にしたいだろ」

「汰久ちゃんとも、すぐに仲良くなっていましたし」

「俺さあ……最初あいつのこと、君と同い年かと思ってたんだよ」

言うかどうか迷った台詞に、藍が黒目がちの目を丸くした。

「そうなのですか？」

「うん。すごく仲いいし、呼び捨てだし。てっきり彼氏か、その候補かなぐらいに思ったりもして」

「ないですないですないですないです。汰久ちゃんは、手がかかる弟みたいなもので」

珍しく早口で抗弁された。礼儀正しさをかなぐり捨て、椅子から前のめりになって腰まで浮いている。

「――いや、それが勘違いだっていうのは、割合すぐにわかったんだけど」

藍は、あからさまにほっとして、体勢を元の位置に戻した。

「ただまあ、あの砕けた雰囲気はちょっと羨ましいなとも思ったんだよ。たまには俺にもタメ口きいたりしない？」

軽い気持ちで訊いてみたら、藍は笑うどころか非常に複雑そうな顔つきになった。

「え……無理」

がんとショックを受けた。

たとえ秒で断られようと、がんばれ心晴。負けるな心晴。

「そ、そうか……別に無理はしなくていいよ……」

ちなみにカイザーで獲得したと思った犬接触スキルは、続けてフンフンで実践してみたものの、待てど暮らせどフンフンの方が近寄ってこなかったので失敗に終わった。

「Why!?」

「相性っていうのは、あるでしょうねえ……」

たまたま現場を見ていた加瀬が、絶望的な追い打ちをかける。やはり犬は難しいぞと心晴は思った。

みっつめのお話　お猫様の神殿に行く

【三隅藍(みすみあい)の場合】

——七月。一学期最終日。

視聴覚教室の妙に効きが悪い業務用クーラーが、今日も今日とてポンコツな唸(うな)り声をあげている。

ついでに学年主任の先生も唸って吠(ほ)えている。

「いいかあ、君たち！　三年生の夏は、二度と戻ってこないぞ！」

藍が通っている埼玉(さいたま)県立浦和(うらわ)中央高校では、全体集会の後に各学年に分かれて学年ごとの注意事項が伝達されるのが通例だ。それも三年目の夏ともなれば、言われることはほぼ一つ受験のことであった。

カーペット敷きの視聴覚教室は、他の特別教室と比べても広いので、多少窮屈でも体育座りの三年生を全員収容することができる。藍は熱弁を振るう学年主任の、顔かたちを観察することで蒸し暑さから気を逸らしていた。

「私は予言しよう。本番前に死ぬほど欲しいと思う『あと一週間』は、この夏に落ちていると言って過言じゃない！　後悔しないよう全力をつくしてくれ！」

五十代、男性。声と全体のシルエットが、ドラえもんのジャイアンそっくり。名は浜田だが、裏で『剛田』『ジャイ田』と呼ばれること多々あり。

（浜田先生は、生物の先生だ……）

一年の頃に、彼が教える必修の授業を受けたこともあるが、引き続いて理系コースを選択しようと思う後押しにはならなかった。ただいま藍がいるクラスは、私大受験特化の文系コースだ。

時々考える妄想がある。

もしここにいるのが、鴨井心晴だったらどうなっていただろうと。

「――以上、解散！　ドゥ、マイ、ベスト！」

ようやく浜田学年主任の、熱く長い説教が終わった。

藍たちはめいめい強ばった腰や肩のストレッチをしながら、立ち上がる。

「みすみーん、やっと終わったー。暑いー」

疲れきった声とともに、友人の加藤凪沙がもたれかかってきた。

「重いよ凪ちゃん」

「つかさー、毎回話が長過ぎなんだよ浜田は。リサイタルか」

「そこはほら、浜田先生だから」

「ジャイ田め」

憎々しげにうめく声が、聞こえやしないか冷や冷やした。

そういう自分も、後半は考察の方が忙しくてほとんど上の空であったことを、申し訳なく思う。

「んでも、これでようやく夏休みっすね！　どうする、青春のアテはあるかい？」

「青春のアテ……」

なんとも大仰な響きだ。藍は言葉に詰まった。

「普通に予備校と補講に通って、勉強するつもりだけど……」

「かー、えらいわー。アタシにはとても真似できないわー」

「凪ちゃんは、まだ部活も引退しないいんだよね」

「おうよ。往生際悪いからね。八月までは、全力で吹かせていただきますわ」

凪沙は力拳を作って、片目をつぶった。偉くて真似できないのは、どちらだと藍は思った。

浦和中央高校吹奏楽部の、副部長。ちょっとぽっちゃりめの体型は、たった一人のチューバで爆音を響かせるためにある。

「がんばって」

「……ひひ。みすみんもね」

高校最後の、後悔してはいけないらしい四十日間が始まる。

(がんばる、か)

浜田の長い長い話を聞く間、頭の中で考えていたことがある。どうも自分は『心晴先生』に、この学校にいてもらいたいとは、あまり思っていないようだ。

確かに目の保養にはなるだろうし、授業もあの調子で退屈しないのは想像がつく。ただそうやってみんなに人気のイケメン先生となると——出るだろう、人気——藍が個人的に話す余地などなくなってしまうわけで。なんというか、それは嫌なのだ。

「ねえみすみん、さっきから顔赤いよ。やっぱ暑すぎた?」

「……放っておいてください……」

——つまり私は、あの人と個人的に近しい関係を築きたいのか……。

あらためて認識すると、かなり図々(ずうずう)しくて恥ずかしいものがあった。

帰りはＪＲの浦和駅から、京浜東北線で川口駅の西口に出る。

駅前の繁華街から一歩奥に入れば、小規模の工場と再開発のマンションがまだらに立ち並ぶ準工業地域になり、藍の家がある住宅地はもう少し先だ。

少しでも涼しくなるよう、西日を遮る日陰を選んで歩いていると、「おーい、アイ」と名前を呼ばれた。

一足先に帰宅していたらしい汰久が、『蔵前』の表札がかかる家のフェンスから顔を出していた。

日焼けした上半身は、カーキ色のタンクトップを着ているが、なぜか頭の上からずぶ濡れだ。

「今帰り？」

「……どうしてそんなにびしょびしょなの」

「暑いから、カイザーとホースで水かぶってた」

一拍遅れて、汰久の相棒、カイザーもぴょこんと立ち上がって頭を出す。さすがは大型犬、立ち上がると藍と目線がほとんど変わらない。

彼らが悠々と暮らせる自宅の横には、『蔵前精工』という精密機械の会社がある。汰久はそこの跡取り息子だ。

そして優しい垂れ耳に黒、白、茶のふかふか三色カラーな毛皮、加えてフンフンそっくりな『麻呂眉』が特徴なはずのカイザーは、水をかけてもらってだいぶスリムなシルエットになっていた。ピンク色の舌を出す口は口角が上がり、ご機嫌のようだ。

「お手入れしてもらったの？　良かったね。カイザーも気持ちがよさそう」

「だろ？　コハルと遊んだ時も、めちゃくちゃ褒めてもらったしな。な、カイザー」

藍は耳を疑った。

「……え、いつお会いしたの、心晴さんと……」

「先週の日曜。秋ヶ瀬公園まで連れてってもらった」

けろりと言われて、藍は呆然とするしかなかった。人が受験生の義務で全国模試を受けている時に、そんな真似を？

秋ヶ瀬公園は、川口よりももっと上流にある荒川河川敷の森林公園だ。藍はこの地に来て数年しかたっていないので経験がないが、レクや遠足の定番らしい。

「あそこなら林の中を歩くから、カイザーも涼しいだろうなって言ったら、連れてってくれた。めっちゃ朝早く行ったから、確かに涼しかったわ。最高」

「………声かけてくれても、よかったのに」

「あー、無理無理。アイはコハルの車見たことないかもしれないけどさ、すんげえ小さいから。後部座席がカイザーでいっぱいで、鼻と尻尾が車体の窓から同時に出せたから。俺が助手席乗ってぎりぎりだったよ」

しかも車まで乗せてもらったのか！　抜け駆けにもほどがないか。

（……私だって、見たことはあるよ。見ただけだけど）

緑色の、可愛いパッソ。一時は週一ペースで拝んでいた。だからなんだと言われそうだが。

一応自分は、心晴の友人のはずである。なのになんだ。それに恥じない自分であろうとしているうちに、後から来た犬友に、光の速さで追い抜かれてしまった。これが甘え上手の弟キャラの強みか。藍にはとても真似できない。

家に帰ってから、藍は私憤にかられたＬＩＮＥを出した。文面はこうだ。

『またキャロルに会いたいです』

フンフンの通院が終わって、そろそろ二ヶ月がたとうとしていた。完全室内飼いのキャロルとは、顔を合わせる機会がなくなっていた。藍のフンフンと心晴がちょくちょく会っていることを考えると、これぐらいの要望は出しても許されると思ったのだ。なんと言っても藍は、『きたむら動物病院』の前で握手をした仲のはずなのだから。

返事は夜の八時過ぎになってから来た。

『ごめん、今帰宅。キャロルに会いたいの？』

その通りと、藍はスタンプを送信。

『そうだなあ。女の子一人じゃなんだから、汰久でも誘ってうち来るといいよ』

何だか面倒くさそうなノリを感じなくもないが、一応の言質は取れたわけである。

ここでも汰久か。藍はベッドに腹ばいの姿勢で、引き続きＬＩＮＥを送った。

『汰久ちゃん。嫌とは言わせません』

文字からにじみ出るものがあったのか、最終的に、こちらの同意と約束も取り付けた。

週末には心晴とキャロルが暮らすアパートを、汰久と訪ねる算段となったのである。

【三隅フンフンの場合】

その日、ご主人は午前中からバタバタしていた。

じっくり長風呂に入って洗面台を占拠し、クローゼットの服をとっかえひっかえし、髪をアイロンでちょこっとだけ巻いたヘアアレンジもし、リップもほんの少しだけ色つきなものを塗ったのを、フンフンは床近くから目撃した。

一階の風呂・洗面台界隈（かいわい）と、二階のクローゼット界隈を何往復もする様を、何が始まるのかとぼんやりと見ていたのだ。

（はっ）

——降りてきた。知ってる。ボク、この感じ、前にも見たことある。

知能の中でも、規則性を学習することに関しては高い数値をはじき出すのが犬という動物である。この学校に行く日でもないのに、バタバタ部屋が散らかる感じ。あれだ。藍が『きたむら動物病院』に行くため、おめかしをしていた時とそっくりだ。

（ということは、ボクも病院行くの？　またお耳とかめくられて、あの冷たいお薬を入れ

られるの？　最近そんなにかゆくないんだけどな。それともヨボーセッシュ？　注射打つの？　やだな痛いのは）

なんだかそわそわしてきて、いつ藍が「フンフン、行くよ」とリードを取り出してもいいよう、準備して身構えていた。

しかし、可愛らしいコーディネートを完成させた藍は、散歩バッグではなくお出かけ用の革鞄を持っていた。

（あれ？）

藍は、ぽかんとするフンフンの頭を、笑顔でなでる。

「それじゃあフンフン、私は行ってくるね。お利口にしているんだよ」

そう言って、きびすを返してリビングを出ていってしまうのである。

ジーザス。

あんまりだと思った。

（そりゃ注射はやだけどさ。ボクを置いてくことないじゃないの！）

（ひどいー！）

ひどいよー、藍ちゃん！

切なさのあまりワンワン吠えていたら、里子ママに「うるさいよフンフン！」と叱られた。踏んだり蹴ったりである。

【三隅藍の場合】

『汰久の家の前で待っててよ。一緒に拾ってくから』


昼過ぎに心晴から連絡が来たので、藍は言われた通り蔵前家に行って、汰久と一緒に車が来るのを待つことにした。

「汰久ちゃんは、心晴さんの家に行ったことはあるの？」

「いや、ないよ。こないだは、行きも帰りも、俺ん家の前までだったし」

「そうだよね、カイザーもいたものね」

ならばこの時点で、立場はほぼ五分。

——中一男子相手に変な対抗意識を持ってしまう自分はどうかと思うが、ここははっきりさせておきたい気持ちがあった。

「コハル、猫飼ってるんだってな。生で見たことないから、ちょっと楽しみだわ」

「ものすごく美人さんだよ。名前はキャロル」

誰か私を止めてくれ。誰か。

しばらくすると、見覚えがある緑のパッソが走ってきて、藍たちの前で停車した。いの一番に乗り込む汰久に続いて、藍も後部座席に収まる。運転席の心晴が、振り返って微笑(ほほえ)んだ。表の気温が嘘(うそ)のようなさわやかさだ。

「暑かっただろ、二人とも。待たせてごめん」

「とんでもないです。お忙しいのに、ご無理を言って申し訳ありません」

「ほんとそういうとこ律儀っていうか、真面目だよね藍ちゃんは」

そうでもない。実際の中身はけっこう心が狭くて、ぐるぐるしやすいのを自覚したところだ。

「いいから行こうぜ」

「了解」

肝心の心晴の家は、川口駅を挟んで反対側の、市役所にもほど近い駐車場付きアパートだった。

一階の角部屋に、就職以来ずっと住んでいるのだという。『コーポ○○』『××荘』などと名前がつきそうな、白いペンキに年季が漂う木造二階建て物件だ。

「どう、ぼろくてびっくりした？」

「ま、まさか」

「最初はさ、もうちょいここから歩いても行ける動物病院に行ってたんだけど、なんかヤブくさいから口コミで評判がいい『きたむら動物病院』に変えたんだよね」

「ああ、だからですか……」

なんとなく腑(ふ)に落ちた。ここから『きたむら動物病院』に通うのは、車にしても半端に距離があるなと思ったが、理由はちゃんとあったらしい。

ヤブに当たったのは辛(つら)いが、そうでなければ心晴には会えなかったと思うと複雑だ。

「それでね……君たちには、中に入るまでに言っておかなきゃいけないことがあるんだ。とても大事なことだからよく聞いてくれよ」

ドアの鍵穴にキーを差した状態で、心晴がおもむろに言った。急に目つきの真剣さが増したので、藍も汰久も思わず背筋をのばした。

ある意味これは、鴨井心晴の教師としてのテクニックだったのかもしれない。

「今から君たちが会うのは、お猫様です」

「お猫……」

「様……」

「そうです『お』と『様』が付く存在です。高貴な荒魂(あらみたま)に、耳と尻尾とヒゲが付いた状態と思っていてください」

たぶんいくら愛があろうが、自分が飼っているペットに尊称を付ける文化は、犬飼いにはないだろうと思った。どんな犬だろうと最初のしつけの段階で、上下関係が必ず生まれるからだろうか。

「彼らは、賢いです。ワンちゃんなぞ言うに及ばず、大変頭がいいです。しかし、その知恵や賢さを人間に奉仕するためになんぞいっさい使わないだけなのです。奉仕するのは誰だ？　それは人間の方。どかしてもどかしてもキーボードの上に猫が乗るなら、悪いのは誰だ？　場所を変えない人間の方。ＯＫ？」

「お、おお……」

「承知いたしました……」

決して『ちょっと引いた』などと、言ってはいけない気がした。

心晴は一転して、元のさわやかな好青年の笑顔に戻って言った。

「よかった。なら大丈夫。つまり相手は猫だから、思い通りにはならないし、犬以上に向こうの機嫌次第なのは覚悟しておいてってことだ。それじゃ、開けるよ」

アパートのドアが開く。

まるで、猫神様に通じる神殿の扉が開くかのようであった。

猫神様の神殿内は、思った以上に庶民的な1DKであった。

玄関先の引き戸を開けてすぐに広めのダイニングキッチンがあり、昼食を食べた後に洗ったであろう一人分の食器類が、ステンレスの作業台の上で乾燥させてあった。その先に窓が大きな洋室がある。

古いながらも掃除自体は行き届いているようで、何よりも窓辺に天井まで届く突っ張り式のキャットタワーが設置してあるのが、いかにも『猫を飼っています』感をかもしだしていた。

タワーの最上段に設置された布製バスケットに、藍もよく知る白猫のキャロルが収まっていた。

「どうして拝んでいるの、汰久ちゃん……」

「お猫様に会えたから。尊い……」

十二歳の柔軟な心は、どんどんと心晴の影響を受けまくりのようだ。さすがの藍も心配になってしまった。

キャロルはバスケットの中に入ったまま、なかなか降りてこようとしなかった。心晴が名前を呼んでも同じで、バニラアイスのような丸い背中だけが見えている状態である。

「こりゃ完全に天岩戸モードだな」

「あの……心晴さん。良かったらこれを……」

藍は控えめに、家から持参した手土産を差し出した。

「これはもしかして——猫じゃらし？」

「作りました。数はあります」

前回と色を変え、割り箸に取り付ける物を変えと、複数のバージョンを用意してみた。

「藍ちゃん……君、勉強は……」

「お叱りは甘んじて受けます。でも手ぶらでキャロルに会うわけにはいかないと思ったら、つい手が……！」

動いてしまったのである。

「さすがキャロルだ。貢がれるだけあるな……」

「どうです、使えますか」

「いけると思う。君らは『ちゅ〜る』を持って、スタンバイしててくれ」

「わかりました」

かくしてその場で、お猫様の神降ろし作戦が実行されたのだった。

まずは心晴が、ストロークの短いスティックタイプの猫じゃらしで興味を引いて、キャットタワーから地上へと誘導をする。

使用するのは、藍が製作した猫用玩具『ストロー猫じゃらし・ぽきぽき君』。曲がるストローを数本束ねてテープで留めただけのシンプルな代物だが、ランダムに曲がる数や角度が変えられるので、興味を引きやすくコスパがいいという話である。

高いところのキャロルに見えるよう、心晴が頭の上で『ぽきぽき君』を振る。

しばらくすると、タワーのバスケットからにゅっと前脚が突き出た。

さらには三角の耳と、瞳孔をまん丸にした金色の目、肉球とおそろいなピンクの鼻やヒゲなどが出てきて、ついには猫じゃらしの動きに誘われるまま、しなやかな尻尾を含めた全身があらわになった。

（ああ、キャロルが私の『ぽきぽき君』に関心を……）

たとえ遊んでくれるのがこの一瞬だけだとしても、本望だと藍は思った。

「汰久、機嫌が直りそうだぞ。おまえの出番だ」

「お、おう」

ストローを追って地上に降りてきたキャロルの鼻先に、汰久がそっと『ちゅ～る』を差し出した。

問題の彼女は鼻をひくつかせた後、小さな口から小ぶりな舌を出し、ぺろぺろと小袋の中身を舐めはじめた。

「……舐めた！」

「舐めたな」

「お舐めになっていらっしゃるぞ！」

「良かったね、汰久ちゃん」

汰久が『ちゅ～る』を持った状態で声を震わせる。

中身が全てなくなると、キャロルは膝をつく汰久の手に、こつんと頭をぶつけた。

「え、これなに？　頭突き？　俺怒られてますか、もしかして」

「いや、単なる挨拶だ。猫の臭腺って、顔周りにあるから。匂い付けだな」

「なんと恐れ多い……あ」

汰久の手にぐいぐいと額を押しつけていたキャロルが、その場で横倒しになって腹まで見せた。

「お待ちくださいキャロル様！　それはヘソ天ですか。服従のポーズですか。高貴なお猫様ともあろうあなたが、俺にそんな真似をする必要はありません。どうかお腹をしまってください！」

「違うから汰久。どっちかって言うと、気分が良くて構ってもらいたいんだわ」

「マジで？」

「いい顔してるだろ？」

言われてみれば、そんな気もする。やはり猫はサインなども、犬とは似ているようで微妙に違うらしい。

「今ならなでても大丈夫かもしれない。背中とか、顎の下あたりとか」

「わかった。じゃあ俺は顎を行く。アイは、背中の方を頼む」

了解である。

「そーっとな」

心晴いわく『気分が良くて構ってもらいたがっている』という、無防備なお腹をさらすキャロルの鼻先に、ゆっくりと拳を持っていく。嫌がられないのを確認してから、そのままかゆいところをかくように、顎の下をなでてやる。

キャロルは気持ちが良さそうに目を細めた。

藍も遅れて「失礼します」と断りを入れ、寝返りを打ったその背中に触れた。

かろやかでふかふかの夏毛だった。

「ぐるぐる言ってる……」

「やわらかい……」

藍も汰久も、たぶん口元がゆるんでいるに違いない。

なんだろう、家の犬をなでるのとまた質の違うこの感動。

「お猫様……」

「お猫様……」

そうか。これが『尊い』という気持ちか。

そうやって藍たちが新たな信仰の扉を開けていると、ご本尊のキャロルが、なんの前触れもなく、ノーモーションで汰久の手を噛んだ。

「汰久、もうなでられるのは飽きたみたいだ。やめてやれ」

「ははははは……」

さすがはお猫様。汰久は後ろ脚のキック付きでガジガジかじられてもなお、満面の笑みだった。

後に汰久は語った。なんかわからないけどすごかった。猫の魔法にかかったようであったと。

それから藍が持ち込んだ手作り玩具を順番に試したり、紐にじゃれつくキャロルの勇姿をスマホに収めて画像データを増やしたりしていると、時間はあっという間に過ぎてしまった。

不意にピンポン、と表のインターホンが鳴った。

「お客様ですか？」

「いや……なんだろな。こんな日曜に」

心晴が猫じゃらしの棒を置いて、ラグマットから立ち上がる。

しばらくすると、彼はインスタントうどんのロゴが入った段ボール箱を抱えて戻ってきた。

「なに、通販？　うどん頼んだの？」

「違うって。外箱の再利用だと思う。これ実家からだわ……」

心晴は大儀そうに、『赤いきつね』の段ボール箱を床に置いた。確かに軽いカップ麺の外装に似合わず、なかなか中身が詰まっていそうな雰囲気である。

「……心晴さんは、どちらのご出身でしたでしょうか」

「けっこう曖昧なんだよ。生まれは長野の松本らしいんだけど、物心ついてからはずっと東京の八王子」

「なるほど……」

「藍ちゃんの場合は、どうなるんだろうね。転勤族だし」

「一応、川口がこの先も実家になるつもりではいます」

あとは父と母の故郷がイメージ的には田舎になるのかなと、ぼんやり考えていた。

「汰久ちゃんの場合は、もっとわかりやすいですよ。先祖代々地元っ子」

「そんないいもんでもないけどね。田舎ある奴、超羨ましい」

その汰久は、キャロルと一緒に届いた段ボール箱のチェックを始めた。

「なあコハル、これ開けてもいい？『そば・そうめん』って書いてあるぞ」

「いいけど別に。たぶんお中元の余りだろ」

「わかったじゃあ開ける」

許可が出たのをいいことに、さっそくガムテープを剝がしはじめた。遠慮がなさすぎてさすがは汰久だった。

汰久いわく、中身は心晴が予告したように、大量の缶詰と素麺と、長野の蕎麦セットらしい。

「マジで貰い物の横流しかよ。しばらく麵食ってしのげってことだな」

「おつゆでいただく時に、鯖缶と刻み玉ネギを入れて食べると、おいしいですよ」

「何、その耳より情報」

「仕上げに海苔と七味をかけて。召し上がりますか」

「うん。聞くだけでうまそうだから参考にする」

「わかりました。では後でレシピをまとめて送りますね。少々お待ちください」

忘れないよう手帳にメモをしていると、汰久が悲鳴をあげた。

「こら、だめだキャロル！　キャロル様！」

缶詰を出した後の段ボール箱に、キャロルが入ってしまったようだ。

「なんでそんな隙間に収まりたがるわけ」

「あー、放っておけよ汰久。空き箱に入るのは、お猫様の特権だ。そのうち飽きるから」

「……とりあえずこれ、食料と一緒に入ってたやつ」

汰久が心晴に渡したのは、一冊のバインダーファイルだった。

「なんだこれ」

「コハルがわからなくて、俺が知るわけないだろう」

「アルバムに見えますね……」

心晴が怪訝そうな顔でファイルをめくると、差し込み式のポケットアルバムに写真が沢山綴じてあった。

「――ああ、そっか」

途中で何やら思い出したようだ。

「前に実家に電話した時、俺が色々訊いたからだわ」

その中で目についた写真をポケットから一枚取り出して、藍たちに見せてくれた。

藍は柄にもなく、頭のてっぺんから黄色い悲鳴をあげそうになった。

「俺が三歳二ヶ月、キャロルが推定生後三週間」

両手に収まりそうな、小ねずみサイズの子猫と、それを宝物のように抱く三頭身な幼児。

絶叫もののラブリーである。

冬の寒い時期に撮った写真のようで、ころころに着ぶくれた幼児といとけない子猫という黄金の組み合わせに動悸、息切れ、目眩がして注意していても胸が苦しくなる。

「……大変、可愛いと思います」

息が荒くなるのを抑えるため、かろうじてそれだけ言う。

「どうした、汰久。難しい顔して」

「なんかこのチビさ、キャロルとぜんぜん違わねえ？　目の色とか毛皮とか。ほんとに同じ猫？」

失礼なことを言うなと思ったが、汰久の言う通りであった。実際のキャロルと比べると、写真の中の子猫は全体的に黒みがかったブルーの瞳で、顔周りの毛皮も赤茶けている。

少し『先生』の目をして、心晴は微笑(わら)った。

「いいところに気づいたな。確かに違うように見えるけど、同一人物っつーか同一猫なんだわ」

「どういうこと？」

「生まれたばかりの猫っていうのはな、目も耳も閉じていて、見えないし聞こえない。それが一週間から二週間ぐらいたったら、だんだん外部の刺激を感じ取ることができるようになるんだ。ただ視覚の方は目の色を決定するメラニン色素がまだ活性化してないから、みんな同じ青っぽい目になるんだよ。こういうキトン・ブルーとか呼ばれる独特の色になる」

「んじゃ、このあと色素が活性化して金色に変わったってこと？」

「そういうこと。生後四週から六週ぐらいで、本来の目の色になるって言われてるな。あと毛皮が薄汚れてるのはな、拾った時に結膜炎にかかってたせいで目やにがひどかったからだよ」

「オチがひでえ」

「仕方ないだろ。真冬に拾ったから、他に異常がなかったのは奇跡だったんだぞ」

なんでも心晴が三歳になった年のクリスマス、道の側溝に落ちていたのを、偶然見つけたのだという。

「たぶん俺が覚えている中で、一番早い記憶なんだよな」

そうか。だから『キャロル』という名前なのか。

以来心晴は実家を出ても一緒に連れてくるぐらい、彼女を可愛がってきたわけである。

「って、見たかったのはこれじゃないんだ」

なのに彼はあっけなく写真を元の位置に戻してしまったので、藍は少し残念に思った。

「——あったあった。これだ」

続けて心晴が取り出したのは、似たようなスナップ写真である。

今度は夏に撮影したようで、どこかの一般家庭のリビングルームで、四、五歳に成長した心晴が、似たような年の子供たちと一緒にピースサインで笑っている。

なんということのない写真のようだが、いったい何が特別なのだろう。彼は懐かしそうに目を細めている。

「ここにさ、小さく犬がいるだろ」

「そうですね」

「従兄の家の犬なんだよ。名前はミミ。昔、こいつに噛まれて病院にかつぎ込まれたことがあるんだわ」

藍と汰久は、すぐには言葉が出てこなかった。

つまり、心晴の犬恐怖症のトラウマそのものではないか。

「この一件があったせいで、俺のステータス欄は一生『犬が苦手』がつきまとうのかと思ってたんだ。でも藍ちゃんや汰久たちのおかげで、ちょっとずつ変われそうなんだよ。うん、こうやって見ると普通に可愛いじゃないか」

人物主体の写真で、足下に偶然写り込んだだけのミニチュア・ダックスフントは、目をこらしてもピンボケ気味だ。それでもその後に起きた噛みつき事件のせいで、鴨井家に残っていたのはこの一枚だけだったのが窺える。

今の心晴の目で見て、あらためて可愛いと言ってもらえることが、藍にも救いのように思えた。

「ミミは今どうしてる……って、もう亡くなってるか。わり」

「いいって汰久。電話で確認したけど、やっぱりもういないみたいだ」

「そっか……」

「今年も盆の頃には帰省する予定だから、あの世から戻ってきたじいちゃんばあちゃんの霊と一緒にさ、ミミにも線香をあげてこようと思うんだ」

うん、たぶんそれがいい。

その犬は少しだけ臆病そうな、けれど優しい目をした可愛い可愛い老犬だった。

＊

夕飯はアパート近くのファミレスですませ、帰りは心晴が汰久の家の前まで送ってくれることになった。

「さてと──」

心晴が駐車場に駐めた車の中で、あらためて伸びをする。

「最後にビーフシチューオムライスとヨーグルトパフェも食ったし、明日から給料日までしばらく蕎麦と素麺大会だわ」

「今日はご無理を聞いてくださって、ありがとうございました」

「なんのなんの、またおいでよ」

「キャロルが元気そうで嬉しかったです。玩具も使ってもらえて光栄でした」

藍は深々と頭を下げる。

お猫様のリッチな毛皮の手触りと、自由きままに耳と尻尾が生えた野生っぷりを拝むことができたのは素晴らしかった。待合室のペットキャリー越しでは、わからないことばかりだった。

「んじゃ、そろそろ出るよ」

「あーっ、やべ。座席に帽子置いてきたわ」

いざ発進するというところで、汰久が慌てて車を飛び出していった。

「汰久ちゃんたらもう……落ち着きがない……」

「まあまあ。出発前に気づいて良かったよ」

確かにそうなのだが。

「……心晴さんといると、自分は小さいなと嫌になる時があります」

もっとおおらかになれないものだろうか。それこそ心晴のように。

「そう？　君には君で、いいところが沢山あると思うけどね」

「……たとえばどのような？」

「そうだなあ。まず真面目だろ？」

藍は一本目の指を折った。

「次にあげるなら律儀」

二本目。あまり変わらないように思う。

「あととにかく真面目じゃないか」

ふざけているのかと思った。

何度も言われるが、それがいい意味だけに使われる言葉ではないのは、藍もわかっていた。生真面目。堅物。融通がきかない。他の人からもよく指摘されることだ。

(心晴さんにまで言われたくないよ)

藍はやるせない思いのあまり、薄暗い車内で立ち上がると、運転席にいる心晴の耳元近くで呟いた。

「本当にそう思う？　秋ヶ瀬公園、内緒で行かれてむかついてるんだけど」

言うだけ言って、素早くまた後部座席に座り直す。

数秒後、愕然とした顔の心晴がこちらを振り返った。

「……今のは、かなり良かったんじゃないかな。もっかい言ってみて」

「無理です……時間をおいてチャージしないと。連発はききません……」

「波動砲!?」

疲れるし恥ずかしすぎる。

「過ぎたことを言いました。どうかお忘れください……」

「いや、忘れないし次は普通に声かける気でいるけど」

「カイザーに埋もれながら車に乗るのはちょっと……」

藍はやり慣れないことをした熱を冷ますために、額をおさえて天井を向いた。やはり自分は柔軟性に欠ける堅物だ。

「そんなの汰久にでも埋もれさせておけばいいだろう」

「え、俺がどうかした？」

帽子を取ってきた汰久がドアを開けて会話に加わってきたので、いっそう狭いパッソの車内は混沌としてしまったのだった。

【三隅フンフンの場合】

藍が家に帰ってきたのは、すっかり日も暮れて、表が真っ暗になってからであった。

フンフンが一階の和室にいると、玄関から廊下を歩きながら、藍と里子ママが話しているのが聞こえてくる。

「――もうお夕飯はいいのよね」

「うん。お友達と、ファミレスで食べてきた……」

そうかいそうかい。だからなんだという気持ちもある。

（ボクはね……ずっとしょんぼりだったよ）

お出かけできると期待させたあげくの、この仕打ち。楽しい気持ちになんて、到底なれなかったのだ。こうして電気がついていない和室の隅っこに、固いとぐろを作って動かないぐらいにはココロが傷ついているのだ。

「もうねえ、今日は一日フンフンが拗ねちゃって大変だったのよ」

「え、そんなに大変だったの」

「見なさいよあれ」

「――ああ、フンフン！」

和室のふすまを開けて電気をつけた藍が、悲鳴をあげた。

「ね。全体に覇気がないっていうか、虚無ーって感じでしょ」

「しっかり、フンフン。ずっとそこにいたの？」

すぐさま駆け寄ってきて、ゆさゆさとこちらの体を揺さぶる。

こちらはできるだけドラマチックに、うっすらと目を開けた。

……ああ、藍ちゃん。ようやく来てくれたんだね。でもボクはもうダメだよ。しょんぼり病に冒されすぎて動けないよ。お鼻かさかさで尻尾もだらりだよ。

ここから回復するには、熊ヒゲ先生のお注射やお耳の薬じゃなく、まずは藍ちゃんのなでながないと……。

「ごめんね。一緒に行けると思ったのかな？　本当にごめんね」

顎を藍の膝の上にのせ、優しく背中をなでてもらった後、耳の付け根と口周りをマッサージしてもらう。

ああ、ちょっとだけ元気になったかも……。

「あ、尻尾振ってる」

「現金な子ねえ」

里子ママが苦笑する。

藍の温かい膝と優しい手からは、今日一日彼女が外に行って付けてきた新しい匂いがした。無意識に鼻をひくひくさせて、沢山匂いを嗅いだ。

（この匂いは……タルタルソースとエビフライ……むかつく鴨井心晴の匂いと……あとなんか猫の匂い……もしかしてキャロルか？）

消毒薬の匂いはしない。動物病院に行ったわけではないなら、もしかしてあいつの家に行ったの？　藍ちゃんてば不良になったの？

（あ、違うや。カイザーのとこの『坊（ぼん）』の匂いもする……）

丹念に匂いを分析して、安心する。まったく、油断も隙もありゃしない。

そのまま抱っこをされて、階段を上って二階の藍の部屋へ連れて行ってもらう。とても満ち足りて幸せな一時だった。

この時フンフンは、信じて疑わなかったのだ。こうしてご主人の匂いを嗅いで優しくされる日常が、ずっとずっと続くに違いないと。

大間違いだと、近いうちに知るはめになるのだ。

よっつめのお話　フンフンの長い一日

【鴨井キャロルの場合】

　その日、キャロルは『きたむら動物病院』で、検査と投薬を受ける日だった。

　朝っぱらから車で連れ出されて、針を刺されて血を抜かれたり、骨が透け透けになる写真を撮られたりと、思う限りの不愉快な目に遭った。

　ただいまペットキャリーごと診察台の上におり、気が利かない人間のオス二名を、仏頂面で睨みつけているところだ。

「このね、腎臓と心臓まわりの数値がね……」

「あー、だいぶ高いですね……」

　片方はこの動物病院の獣医師で、キャロルの担当医。もう片方はずいぶん長いつきあいになる鴨井家の長男、心晴だ。

二人とも美しく可憐なキャロルそっちのけで、検査結果が出力された紙と、パソコンのモニターに映し出されたレントゲン写真を見ているのである。信じられない。

（あのね、そんなあられもない写真、しまいなさいよ。骨と内臓のシルエットしか写ってないじゃない。それよりあたくしのビューティフルな尻尾や毛並みを讃える方が、有意義ってものじゃない？）

まったくもってわかっていない。デリカシーのかけらもない。

「食欲と元気は？」

「馬鹿みたいにありますね」

「だったらいいですよ。できるだけ制限しないで過ごさせてあげてください」

今回もぐずぐずと二人でお喋りをして、ようやく診察時間が終了した。

診察室を出ると、会計でお金を払うまで、また待合室で長時間待つことになる。

少し前まで、この退屈な時間に心晴と喋る人間がいた。フンフンとかいう、非常に小うるさいイヌを連れた小娘で、心晴は過去のトラウマをおして色々話しかけていたようだ。

でも、今はその小娘もフンフンもいない。すっきり。

（ごめんなさいね、正直で。あたくし我慢するの嫌いなの）

猫とていっぱしの情や恩義はある。雪が降りそうな寒い日に、家においでと拾ってくれた飼い主の幸せを、鑑みないことはない。その証拠に小娘が変な小僧と一緒に押しかけてきた時は、貢ぎ物に免じて相手もしてやったぐらいだ。でもそれが何？　だ。

常に己の快や不快よりも義理を優先するかと言われれば、答えがノーなだけである。このあたり、根っからの下僕思想が染みついたイヌにはわからないだろう。

「それじゃ、帰るぞキャロル」

そうね。出してちょうだい。

会計を終えた心晴に自家用車を運転させ、アパートに帰宅した。

鴨井家の長男は屈託のないわんぱくな幼少期を過ごした後、従兄の家で犬に噛まれてやや慎重さを覚え、その後は成長とともによくおどけて自虐するようになった。

たぶん、彼なりの防衛本能で処世術なのだろう。プライドのない男は美しくないと思うが、他人を攻撃するぐらいなら、くだらない冗談で話を逸らして争いごとなどなかったことにする優しいタイプに育ったわけだ。

「ほら、狭いながらも楽しい我が家でございますよ、女王陛下」

そんな心晴が就職して、初めて借りたのが埼玉にあるこの小さなアパートだった。キャロルのために借りた物件らしい。確かに狭いが許してやっている。

ペットキャリーがフローリングの上に置かれ、キャロルの目の前で扉が開いた。なかなかこちらが動こうとしないので、焦れた心晴が顔を覗かせる。

「ついたってば。出ないのか？」

そう言われても、単にそういう気分じゃないだけ、としか返しようがない。キャロルはふいと顔をそむけた。

「おまえはな……さんざん車ん中でニャーニャー鳴いといてそれかよ」

ちょっとだるいし、動きたくないのだ。レディにはそういうこともあると、心晴もそろそろ理解するべきだろう。

心晴はあからさまに嘆息した。

「わかったよ。病院がそんなに嫌だったのなら、気がすむまで遊んでやるから。ちょっと待ってろ」

ぶつぶつと言いながら立ち上がり、デスクの玩具入れからビニールテープを編んで作った猫じゃらしを取り出した。

キャロルにも見えるよう、床の近くで猫じゃらしを振りはじめる。

（あ、なんかすごいむかっと来たわ）

そうやってね、ただ遊んで機嫌を取ればなんとでもなると思うこと自体が、そもそもの間違いなの。あたくしは別に拗ねているわけじゃないんだから。ええ決めた。しばらく本当に出てやらない。決めたったら決めたの。

キャロルがペットキャリーの中で反対側を向き、猫じゃらしのゆらゆらを見ないようストライキを決め込んでいたら、あるタイミングでスマホのバイブが震えはじめた。

「……ん？　誰だ？」

キャロルが頭だけ外へ出すと、心晴が猫じゃらしを振る手を止め、通話に出ていた。子細を聞き出す表情が、みるみる険しくなるのがわかった。

「……そうだね、その方がいい。とにかく落ち着いて。すぐ行くから」

そう言って通話を終える。

無言で鍵とスマホを、服のポケットに押し込んだ。そのまま玄関から外へ。施錠する音が響き、キャロルは1DKのアパートに一匹取り残された。

（何かあったの？）

キャットタワーの上へ移動すると、家の前の車道を、心晴が運転するコンパクトカーが遠ざかっていくのが見えた。

キャロルは思う。

きっとこの先あの子は、ここで自分が下した決断を、何年も悔やむことになるんでしょうね。

でも、それは仕方がないことなの。

軽い眠気と疲れを覚えたキャロルは、キャットタワーから床へ飛び降りて、自分のベッドへと移動した。自慢の尻尾ごと、体を丸める。

こんなあたくしでもね、あなたのことを愛しているし、幸せになってほしいと思っているんだから。本当よ。

自分の口で伝えられないのだけが、ちょっぴり残念だわ。

心晴の飼い猫、鴨井キャロルはいつものように目を閉じた。

【三隅藍（みすみあい）の場合】

――時は、四時間ほど前に遡る。

藍は自宅の玄関で、母親の里子（さとこ）と立ち話をしていた。

「それじゃあ、藍。ママはそろそろ出るけど」

「そうだね、気をつけて」

「浩三さんのアパートについたら、一回電話するわ。本当に藍も来なくて平気なのね？」

「だから平気だって。勉強だってあるのに、金沢まで行っていられないよ」

「それはそうなんだけど……三日ぐらいなんとかならないの」

「私はここでフンフンと、お留守番をしているから。お父さんには、よろしくって言っておいてよ」

「つまらない子ね」

「つまらなくていいよ」

まだあれこれ言いつのろうとしている里子に、藍はきっぱりと言い切った。

「……わかったわ。それじゃあ藍、ママはそろそろ出るけど」

「ねえ、この会話何回目？」

「――ああそうだった、お向かいの吉田さんから、桔梗信玄餅をいただいてるから」

「いいから行ってよもう。新幹線間に合わないよ！」

「藍、あのお餅好きだったわよね」

「好きだから何」

けっきょく里子の背中をむりやり押すような形で、父親の単身赴任先へと送り出した。

（まったくもう）

藍は玄関の鍵をかけ、ようやく訪れたつかの間の自由に心を震わせる。

世間的には、夏休みも終盤戦に入っていた。ここまで藍のスケジュール帳は受験生らしく、学校の補講や予備校の夏期講習などで大半が埋まっていた。しかしこれから土・日・月と三日間だけは、里子の監視の目もなく、完全に自由なのであった。

(何をしようかな。今日ぐらいは、のんびりしても許される気がする)

もともと大して羽目を外せる性格でもないが、融通がきかないなりにこの三日は堪能しようと思っていた。

足下にまとわりついてくる愛犬フンフンを抱き上げ、リビングのソファに腰を下ろす。

「うーん……」

熟考すること、数十秒。まず思いついたのは、勉強に関係ない本を読みまくること。あるいは大長編の洋ドラを、シーズン通して一気観するのもいい。日頃里子が独占しているフィットボクシングを、大画面でやり込んでしまうのはどうだ。昼食や夕飯の時間にかかろうが、構わずキッチンを独占して菓子を焼くのも捨てがたい。なんという贅沢。どれもこれも魅力的だ。

「……まずは信玄餅を食べよう」

小心者の藍は、はやる気持ちを落ち着けるため、キッチンに行ってお土産の巾着袋を開けた。中に入った桔梗信玄餅を一つ貰ってくる。

これは武田信玄のお膝元、甲州は山梨の銘菓で、小さな器に甘いお餅ときなこがぎっしり入っている。これに付属の黒蜜をかけていただくのだ。里子が言っていた通り、藍の好物の一つである。

小皿にケースごと餅を置き、藍はソファ前のローテーブルに座り込んだ。

（このお餅……とてもおいしいものだけど、本当にきなこたっぷりだから、食べる時に気をつけないといけない……）

そっと蓋を外し、黒蜜をかけようと小瓶の蓋をひねったとたん、稼働していたリビングの首振り扇風機が全てのきなこを吹き飛ばした。

「――――ぷわっぷ」

視界が一瞬、砂色に染まった。

まだ午前中だからと、クーラーを入れず窓を開けてしのいでいたのが徒になった形だった。

藍は、ベージュの粉まみれになった。カーペットがベージュの粉まみれになった。そして、それ以上に風下にいたフンフンがきなこ色になった。

「…………あ、ああ。フンフン、それを舐めないで。動かないで。お願いブルブルしないで――！」

まるで花粉シーズンの杉の木のように、もうもうときなこがまき散らかされる状況に、藍は無我夢中でフンフンを抱え上げた。そのままダッシュで風呂場へ向かう。

浴室のドアを閉め、シャワーの温水を出し、デニムの裾を脛まで巻き上げた。ロールアップする。お風呂嫌いのフンフンは、それでようやく自分の置かれた立場に気がついたらしい。葡萄のように丸い瞳が絶望一色に染まり、閉めた半透明のドアをがりがりと掘りはじめた。

「不意打ちでごめん。でもこのままにはしておけないから。ほらおいで」

ドアに張り付くフンフンの胴体をつかんで、洗い場の真ん中へ引き寄せる。完全に悪役がやる所業だ。お尻からぬるめのシャワーをかけると、濡れそぼる尻尾が股の間に収納され、切なげな声で鳴かれた。

「だめ、がんばって。きなこがちゃんと取れないでしょう」

お尻もお腹も背中も首周りも、そして顔周りも耳もきなこで汚染されていた。このさいだからと、シャンプーもしてしっかり洗ってしまうことにした。

泡をシャワーで流したら、濡れた毛皮の手触りが、お吸い物のとろろ昆布のようになる。

全体に二回りぐらい痩せて、目だけが元のまままくりくり大きいから、犬というより水族館のアシカそっくりだった。

（……そういえば犬もアシカも、同じ仲間なんだっけ）

『心晴先生』の突発授業だ。前に肉食の哺乳類のルーツについて、聞いたことがあった。

最初はみな六千万年前のミアキスから始まったらしいが、現在は食肉目のすぐ下にイヌ型亜目とネコ型亜目の二つのグループが作られ、前者にイエイヌや熊、アシカやレッサーパンダなどが、後者に虎やハイエナ、イエネコなどが属しているのだという。

見れば見るほど、濡れたダックスフントはアシカに似ている。こんなところで、心晴の話の裏が取れてしまうとは。

最後に、この世のあらゆる尊厳を奪われたようにしょんぼりしたフンフンを拭いてやろうと、バスタオルを取るべくドアを開け――。

「あっ、こらフンフン！」

その瞬間、うなだれていたはずのフンフンが、電光石火の早業で足の間を抜け、ドアの隙間から逃走した。

二重にしまったと思った。ふだんは脱衣所の引き戸を閉めているのでそこで捕まえられるが、今回は急いでいたので開けたままだったのだ。

(勘弁して。びしょ濡れのまま駆け回らないでよ)

藍はバスタオルを広げた格好のまま、廊下にはっきりと残る水濡れの跡をたどってフンフンを追いかけた。

犬は廊下、玄関のところを一周し、Uターンしてリビングへ行ったらしい。ほぼ同じルートを藍も歩く。

「フンフーン、ほらダメだよ。ちゃんと拭いて乾かすんだよ。そのままは気持ち悪いでしょう」

きなこが撒かれたままのカーペットを、一直線に横断していったのがわかった。藍は泣きたかった。

「フンフーン。フンフーン」

しかし、いくら濡れた痕跡をたどって部屋の中を歩き回っても、肝心のフンフンの姿に行き当たらないのはどういうことだ。

お風呂場を起点にした、わかりやすいびしょ濡れルートをもう一度見て回るが、リビングの掃き出し窓付近で、忽然と跡が消えているように見えた。

(……なんで?)

藍はその瞬間、信じられないことに気づいてしまった。

掃き出し窓の網戸はしっかりと閉まっていたが、その網の下部分が、二十センチほど枠のゴムパッキンから外れてひらひらと浮いているのだ。そして庭に降りるステップ石に、乾きかけの犬の肉球スタンプが。

──まさか、鼻か何かでむりやり押し通ったのか！

火事場の馬鹿力、怖すぎる。藍は半ば脱帽しながら、サンダルを履いて表へ出た。

これは見つけたら速攻でお風呂場に戻って、もう一度一からシャンプーコースだ。

──そうやって捕まえた後の苦労を思っていられたのも、最初のうちだった。

さして広くはない庭とカーポート付近を見て、家の前の生活道路を右に左にと確認して、そのどこにもフンフンが見つからなかった時、初めて藍は『これ、まずいかも』と思った。

心臓の鼓動がどくどくと、勝手に速まりはじめる。落ち着いてと言い聞かせながら、いったん中に戻って戸締まりをして、あらためてフンフンを探しに道路へ出た。

（大丈夫、まだ近くにいるはずだって）

今は少々パニックになっているだろうが、藍の声が耳に入ればあのあたりのゴミ置き場の陰や、車の下から、尻尾を振って顔を出してくれるに違いない。きっとそうに決まっている。

だが、太陽が脳天の上に来て電柱の影が極端に短くなっても、フンフンは出てこなかった。

「……待って。なんで……」

ご近所を何周、何十周と回って。藍は汗だくで独白する。もはやこれが自然な発汗なのか、冷や汗なのかもわからない。暑いのに、手足の先が冷たく感じて仕方なかった。まくり上げたデニムの膝が、小刻みに震えているのに止められないのだ。

フンフンは風呂場から直接飛び出していったから、ノーリードどころか電話番号を書いた首輪すらしていない状態だ。

もしそれで、車に轢かれでもしたら。

誰か悪い人に、危害を加えられでもしたら。

逆に気が立って、フンフンの方が加害側に回ってしまうかもしれない。

(嫌だ。どうしよう——)

とっさに藍は、里子に助けを求めようとした。でもどうやって？　彼女は今頃、新幹線の中か金沢駅に到着しているだろう。やっと単身赴任中の父に会えると、嬉しそうにしていたのを藍は知っているのだ。

「だめ。おちついて。おちついて……」

泣くのだけはしてはいけない。ここで泣いたら、もっと考えられなくなる。そのぶんフンフンが危険にさらされる。

藍は震える手で、他に思いつく番号に電話をかけた。

こんな風に頼るのは、情けないと心底思いながら。

「……すみません心晴さん。助けてください……」

しばらくして、心晴の運転する緑のパッソが道の向こうに見えた時。

自然と視界がにじむぐらいにほっとしたのだ。

＊

「――で、逃げたのはどこから？」

ふだん使っていないカーポートを整理して車を駐めてもらい、降りてきた心晴に状況を説明した。

藍は庭に回って、閉めた掃き出し窓越しに、フンフンの逃走現場を見てもらった。

「ここです。リビングの窓から」

「あちゃあ……」

「網戸を鼻で押して、むりやり外に出たみたいで……」

「けっこう力あるんだね」

「お風呂に連れ戻されるのが怖くて、無我夢中だったのだと思います。首輪もリードも何も付けていなくて、今頃、どこで何をしているのか……」

自分の不注意でこんなことになって、悔やんでも悔やみきれなかった。

考えだすと、悪いことばかり思い浮かんで、いてもたってもいられなくなる。震えを抑えるため、藍はきつく両目をつぶった。

「本当にすみません。私、怖くて頭が真っ白になって、他に考えられなくて。思いついたのが、心晴さんぐらいで。情けないです」

「いいから、藍ちゃん。今は謝ったりするのはなしにしよう」

ぽんと肩に手がのった。

「たとえばの話だけど。何か問題にぶち当たった時にね、一人で抱え込む人間より、周りに助けを求められる人間の方が、実は強かったりするんだよ。君は恥ずかしがらないで、最善の行動が取れたんだ。よくやったってことだよ」

なんでこの人、こんなに優しく笑えるのだろうと思った。

ともすればまたうつむきたくなるのを、藍はようやく止めることができた。

「それにさ、心底ピンチの時に俺の顔が思い浮かんだっていうなら、俺も案外捨てたもんじゃないってことだよな。やるじゃねえの俺」

「心晴さん……」

そうだ三隅藍よ、めそめそするなと思った。

今はやるべきことをやるだけだ。謝ったり自己弁護するのは、後でいい。フンフンを一刻でも早く見つけださないといけないのだから。

「とにかく行方を捜すとしてだよ。近くにいないんだったら、もう少し範囲を広げてみよう。ふだん君らがよく行く散歩ルートを中心に見てみようか。もしかしたら、本人は遊んでいるつもりで迷ってる意識もないのかもしれない」

「はい、わかりました。探しに行ってきます」

「あとお願いしたいのは、フンフンの写真の用意。データじゃなくて、印刷したものある？　ないならコンビニでプリントしてくるよ」

「あ……ちょっと待ってください。中にあると思うんで取ってきます」

「この件、汰久にも連絡しちゃっていいよね」

彼はすでに、汰久の連絡先をスマホで呼び出しているようだった。

藍もきびすを返そうとするが、その前にどうしてもと思って立ち止まった。

「なに？　できれば人手は多い方がいいんだけど」

いわく、無闇に謝るのは禁止。でも、礼を言うことまでは止められていないはずだ。

「――ありがとうございます、心晴さん」

心晴がタレ目気味の相好を崩した。

「大丈夫。みんなで協力すれば、すぐ見つかるよ」

飛びつきたい気持ちがあふれそうになるが、まずは自分のするべきことをしようと思った。

お願いフンフン、無事でいてね——。


【鴨井心晴の場合】


車を運転している最中、スマホには何度も着信があった。心晴はいったん路肩に車を駐めてから、着信の中身をチェックした。

（これは……藍ちゃんからか）


『きたむら動物病院の前まで来ました。まだフンフンには会えません』


ＬＩＮＥの報告に従い、心晴は地図アプリの動物病院上にピンを打つ。

画面上に、捜索済みを示す赤いピンが、だいぶ増えてきた。藍の話によれば、最初にフンフンが飛び出してから、すでに半日以上経過しているはずだ。理屈の上なら川口駅の反対側にも、河川敷を越えて東京都にも行ける計算だった。

（今のところ、慣れた散歩コースでも車通りの激しい道は避けてる前提で探してるが……横断されてたらまずいな）

地図の上に示される、交通量の多い国道、産業道路の存在が恐ろしい。ここを越えられると捜索の範囲が桁違いに広くなる上、行き来で事故に遭う率も格段に上がる。それだけは野生の本能でもなんでも使って、避けていてほしいと思った。

『やっぱり病院方面はイメージ悪いかもしれないね。近くにマンションがあるけど、そっちの駐輪場とかは見た？』

できるだけネガティブな予想は伝えず、次の指示を出す。藍は弱音も吐かずに、すぐに行くという返事をして動き出したようだ。

本当に、飼い主がけなげすぎて泣けてくる。

ハンドルにもたれかけたところで、新しい通知で手元が震えた。

『うちの近くも探したけどいいねえよ！』

怒りの絵文字だらけのこれは、汰久からだ。位置情報で見ると、すぐ近くで発信されていた。

心晴は三十メートルほど車を前進させ、今まさに歩道を歩きスマホしているTシャツの背中を発見。窓を開けて「おい、歩きながらはよせ」と声をかける。

「うわ、コハルかよ。ガッコの担任かと思った」

「今日は休みだ。指導してる暇なんぞないわ」

あらためて心晴は車を駐め、開けた助手席側の窓に、汰久が顔だけ突っ込んできた。

「あー、クーラーめっちゃ涼しー」

車内の冷気をむさぼるように味わっている。

「手応えなしか」

「ない。全然ない。カイザーに探させようと思ったけど、この暑さじゃへばるのが先だし」

「そもそも教えてないだろ、警察犬の真似(まね)とか」

いくら優秀なコンビでも、あれは一朝一夕にできるものではないだろう。

「他の犬友さんにも、訊いてくれてるんだろ？」

「うん。見かけたら教えるって、みんな言ってる……」

「それだけで充分だ。おまえは顔広そうだから助かるわ」

何せ祖父どころか曾祖父の代からの、地元中小企業の跡取り息子だ。親戚や社員はもちろん、パート従業員からも覚えがいいと聞いている。

その汰久は季節外れの分厚い布団のように、だらりと窓枠にもたれかかっていたが、不意に頭を持ち上げてこちらを睨んだ。

「つかさあ、コハル。俺もアイも、こんな汗だくで探してるってのに、コハルだけ車とかずるくないか？」

「ばかやろ。俺はひとっ走りして、保健所と警察行ってきたとこだよ」

汰久はきょとんと目を見開いている。やはりなんのためか、わかっていないらしい。

「いいか、汰久。おまえがふだん生活していて、野良犬って見たことあるか？」

「……あんまないね」

「ほぼないだろ。猫なら外飼い含めてわりとそのへんうろうろしてるのに、この違いはなんだと思う」

「……言われてみればだけど。でも、理由とか特に考えたことなかったわ」

「それは飼い主不明でふらふらしてる犬がいたら、公衆衛生の観点から保健所の人が出張ってきて、施設に収容する案件だからだよ」

野良犬がいないのは、国の方針に則(のっと)って自治体の保健所が機能している証拠なのだ。

だからこそ、犬が迷子になったとなれば、まず保健所に連絡する必要がある。心晴もフンフンの特徴と鑑札、マイクロチップの有無、連絡先を伝えて、藍から貰(もら)ったフンフンの写真も提出してきたところだ。

これで心晴たちより先にフンフンが保健所に収容されるようなことがあっても、こちらに連絡してもらえるわけである。

「今回フンフンは、首輪も付けてないだろ。なおさら通報される可能性が高いから、早めの届け出は重要なんだ。警察の会計課にも遺失物で相談してきた」

「物なのかよフンフン……せめて失踪届……」

「残念だけど、それは人間じゃなきゃ無理だな」

汰久の優しさに苦笑するが、致し方ない。向こうから連絡が来る可能性があるだけでも、この場合は御の字なのだ。

「汰久も絶対ないと思うが、カイザーを見失った時用に覚えておけよ」

「うん、わかった。にしてもコハル……別に犬飼ってるわけでもないのに、犬の迷子に詳しいよな」

「それはだな、まあ色々あったんだ……」

意外に鋭いところを突かれ、心晴は苦い記憶を掘り起こす。

「俺の職場のグラウンドに、知らない犬が迷い込んできたことがあってさ」

「って、学校の？」

「そう。辺鄙（へんぴ）だけど、一応さいたま市なんだけどな」

犬は首輪抜けを果たして脱出してきたらしい、放浪の跡が目立つ中型の雑種犬で、対応は若手の男だというだけで心晴に押しつけられた。今思い出しても、ちょっとした理不尽の恐怖体験である。

「……職員や生徒に訊いても心当たりはないっていうし、とりあえず顧問やってる生物部員を見張りにつけてだな」

「自分が触れないからってえらい丸投げだな」

「うるさい。ともかくその間に警察に連絡したわけだ」

そして通報で駆けつけてきてくれた交番の警察官に、無事迷子犬の身柄を引き渡したのである。

「で、ついでにこういう時どういう手続きをするのがいいかとか、色々教えてもらったんだよ。こんな時に役立つとはな」

「その犬さ、けっきょくどうなったの」

「飼い主に会えたのかって？」

汰久はうなずいた。動物好きの犬飼いとしては、やはり気になるようだ。

「俺も詳しいところはよく知らないが……保護施設の収容期間ぎりぎりになって、ようやく名乗り出た人がいたらしいぞ」

「遅すぎだろ。何やってたんだよ飼い主は」

「その犬な、実は隣の市から越境してきてたらしいんだよ」

「え？」

この落とし穴の意味が、わかるだろうか。

「飼い主は自分の住んでいる自治体の保健所には、ちゃんと連絡済みだったけど、隣の市や町までは問い合わせていなかったんだ。だから発見が遅れた」

「……あっぶね……」

「きっと家の周りには、手作りポスターも沢山貼ってあっただろうにな」

それでもその飼い主はぎりぎり『間に合った』わけだが、へたをすれば処分済みの知らせだけ受ける、最悪の結果になっていたのだ。長い間神経をすり減らして探したあげくそれでは、あまりにやりきれないだろう。

「俺たちも、よその市に問い合わせしといた方がいいんじゃねえの」

「しばらくして見つからなかったら、ポスター作りと合わせて考えた方がいいかもな」

「なんか、聞いてると落ち込んでくるわ……大丈夫かフンフン……」

「一番落ち込んでるのは、飼い主の藍ちゃんだろ」

「まあな、うん……」

生真面目でミスに厳しいタイプなので、自分を責めすぎていないか心配である。

「とにかく俺も戻って藍ちゃんの家に車駐めたら、路地裏でも駐車場の車の下でも覗いて回るつもりだよ。汰久ももうちょいがんばってくれないか」

「わかった」

「よし、偉いぞ」

窓から体を引き抜こうとする汰久に、「ちょい待った。これで水分補給しろ」とダッシュボードの小銭も押しつけた。

何しろ本日の最高気温は、三十五度。犬にも人にも過酷な季節なのだ。

——膠着(こうちゃく)した中で事態が動いたのは、藍の家に車を駐めた直後であった。

だめ、いない、いると思ったけどレジ袋だったなど、空振りの報告ばかりだったグループLINEに、汰久からの一報が入ったのだ。

『平井(ひらい)のおばちゃんから、連絡来た！　パート先の駐車場に、首輪してない黒ダックスがずっといるって！　ケーオーストアだって！』

「よっしゃ！」

心晴は思わずスマホ片手に、パッソの屋根を叩(たた)く。

『行く！　すぐ行きます！』

藍もすぐに反応した。彼女のアイコンはもちろん昔も今も、三隅家の飼い犬フンフンである。

なんの補足説明もなく出てきた『平井のおばちゃん』に突っ込むことはしなかった。恐らく汰久の幅広すぎる親戚か犬友の一人なのだろう。それよりケーオーストアと聞いて、心晴は内心歯がみした。今まで一回も行ったことがない方角である。

距離は藍の家からさほど離れていないが、途中そこそこ車通りの激しい道があるのと、彼女が申告した散歩ルートとも外れていたので、結果ノーマークで来てしまったのだ。

——たぶん、車で行けば俺が一番早い。

心晴も駐めたばかりのパッソに乗り込み、汰久が言うスーパーの駐車場を目指して走り出した。

【三隅フンフンの場合】

——どうもこんにちは。ボク、三隅フンフンです。犬です。

今年三歳になります。藍ちゃんとみかんが好きです。ただいま炎天下の駐車場で、ぐったり疲労困憊（ひろうこんぱい）中です。

（ほんとわかんない）

（なんでボクこんなとこにいるの）

地面に引かれた白い線の中に、様々な色や形の車がいっぱい駐まっている。

知らないスーパーの、知らない駐車場だ。

フンフンはどこのご家庭のものとも知れぬミニバンの下に潜り込み、ぎらぎら照りつける日差しと人の視線から逃れているが、正直これからどうすればいいかまったくわからない状態であった。

もとをたどればご主人の藍ちゃんが、お菓子のきなこをぶわっとやったのがいけないのである。フンフンはあっという間にお風呂へ連れ去られ、じゃぶじゃぶ洗われる恐怖から逃れるため、網戸を頭突きして外へ出た。そこから偶然家の前を通ったゴミ収集車にびっくりし、逃げた先でまた保育園児の集団散歩にびっくりし、道の真ん中で鳴くセミにびっくりしと、あらゆるものに驚いてルートを外れているうちに、どんぶらこっこと ここまで流れついてしまったわけである。

(おうち帰ろうにもさあ……)

フンフンはミニバンの下から、敷地（しきち）の外の様子を窺（うかが）う。

ここから三隅の家に戻ろうにも、目の前の道路をけっこうな量の車や自転車が走っているので、あれを渡るのが非常に怖い。待っていれば渡れる隙もあるだろうと思ったが、時間がたつにつれてどんどんと人や車の量が増えて、もはや氾濫寸前の増水河川といった雰囲気だ。近づくに近づけない。

そもそもうまく渡れたところで、帰れるのだろうか。

犬には『キソーホンノー』なる便利機能が備わっているらしいが、今のフンフンにははなはだ疑問な力である。

電線に止まるカラスたちが、時間とともに数を増やしているのも気になる。

『けけけ。きったねー』

『食っちまうぞー！』

このチンピラバードたちめ。笑うとか失礼だぞ。

（ボクは勇猛果敢な猟犬、ミニチュア・ダックスフントだぞ！）

三隅家の番犬だぞ。今年で三年目だぞ。

汚くて泥っぽいのは、濡れた体でここまで歩いてきたせいだ。今は大半が乾いているが、毛皮があちこち引きつれて、舐めても舐めても追いつかなかった。

『ばーかばーか』

『食っちまうぞー！』

本当に頭にきたフンフンは、車の下から吠え返した。

『おまえらうるさいよ！』

しかしカラスは『けけけけ』と笑うばかり。完全に舐められてしまっている。

生まれたばかりの子猫や、巣から落ちた鳥の雛も、この手のカラスに絡まれやすいと聞く。もしや今のフンフンは、彼らから見ればおいしい餌に見えているのではなかろうか。

（いやだ）

それだけは勘弁だ。

「ねえねえパパー、荷物どこに置くー？」

不意に大勢の人間が、フンフンの隠れるミニバンを取り囲み、ガタガタとドアを開けはじめた。

頭上で鉄のエンジンが唸りをあげる。

「後ろに積んでやるから、子供たち先乗せちゃってくれ」

「早く帰ろう、アイス溶けちゃう」

まずい、このままじゃ轢かれる。フンフンは、慌てて車体の下から逃げ出した。

「あっ、なにあれ。猫!?」

「きったない。どろどろだったよな」

隣の軽自動車の下に、命からがら移動する。

もう動きたくないと思いながらも、フンフンは猫じゃないよ犬だよと泣きたかった。

とにかく疲れた。くたびれた。ちっとも気が休まらないし、喉が渇いたし、一滴でいいからお水が飲みたい。

この車の管からぽたぽたと落ちてくる水、いつもは藍ちゃんにダメだと叱られるけど、舐めても平気だろうか。

舌をのばしかけたところでまたもやブロロロと、大きな音が鳴りはじめた。隠れていた車が、発進の準備を始めたのだ。フンフンは必死になって、車体の下から這い出た。

今度は車の下に入ることもできず、表の道路を渡るのも怖くて、迷った末に駐車場の隅に移動して丸くなった。

電線の上にいたカラスのチンピラたちが、わざわざ屋根の上と街灯の笠に飛び移ってきて一斉に歌いはじめる。

『ばっかでー！』

『ばっかでー！』

もういいよ。馬鹿でいいよ。お馬鹿はボクだよ。

お風呂を嫌がって逃げたのがいけなかったんだ。おとなしくシャンプーされてれば良かったんだ。今度はもう逃げないよ。

だから神様、ボクをお家に帰らせてください。藍ちゃんに会わせてください。

いい子にしてるから。藍ちゃんと里子ママがいるあのお家に、もう一度戻らせてください。

（お願いだよ――）

「……あらあ？　どうしたのワンちゃん、そんなところで」

つぶっていた目を開けると、見知らぬヒトの女性が、腰をかがめてこちらを覗き込んでいた。

お向かいの吉田さんと似た年代と考えると、六十歳ぐらいだろうか。確か吉田さんは『今年還暦よー、六十だってさ』と言っていたので。

いつもしゃきしゃきした吉田さんに比べると、その女性は綺麗に染めた髪を一つくくりの三つ編みにして、小花模様のサマーワンピースを着て、なんだかふんわり優しそうな雰囲気の人だ。

「ママが中でお買い物してるの、待ってるの？」

いいえ、ちがいます。ちょっとお家に帰れないだけです。

「んー、でも変ねえ。あなたリードしてないわねえ。首輪もない？　ないわね。あらあら困ったわ」

優しく声をかけながら、フンフンの泥でベタベタした首元の毛をかきわけ、首輪の有無を確認し、くしゃくしゃと頭もなでた。

その仕草がひどく手慣れていて、実際に家でも犬を飼っている人なのかもしれないと思った。すごく『犬が好き』の人の匂いがした。

その人は、フンフンに目を細めながら言った。

「お家に帰りたい？」

——それは。

今フンフンが、求めて求めてやまない願い事だった。

帰りたい。帰りたいよ。気持ちを伝えたくて、目を輝かせて尻尾を振った。

「ふふ、可愛(かわい)い。それじゃ、お家帰りましょうね」

やった！

女性はフンフンを抱え上げ、後ろに立たせていた自転車の前籠に、フンフンを乗せてくれた。

その場でスタンドを倒して、手押しで駐車場内を進んでいく。

『こんちくしょー。ばっかでー』

『ばっかでー』

『ちくしょー』

大勢いたチンピラバードなカラスたちも、悔しそうに飛び立っていった。

良かった。助かったと思った。

からから、からから、自転車を押してチェーンが空回りする音が響く中、助けてくれた女性は終始ご機嫌だった。

「本当に、あなたがいいところにいて良かったわあ」

なんのなんの。送っていただけるだけで充分です。このご恩は決して忘れません。

「うちのお父さんもね、亡くなってからすっかり落ち込んじゃって大変だったのよ。あなたの顔見たら、びっくりして喜ぶわ」

ん？

フンフンはふとした違和感に首をひねって、自分を送ろうとしてくれている女性の顔を見返した。

彼女は曇りのない微笑みを浮かべている。

「まずは帰ったら、お風呂に入りましょうね。お洋服もベッドも玩具も、みんなそのまま残してあるからね、ジェリーちゃん」

なんだろう。

このヒト――すごく変な気がする。
この自転車に乗っていても、藍ちゃんのところには戻れない。そんな気がしてならないのだが、気のせいだろうか。

【鴨井心晴の場合】

右折のウインカーを出して、スーパーマーケット前の駐車場に入るべくハンドルを切った。こちらと入れ替わりのようにすぐ脇を、自転車を手押しで歩く女性が通り過ぎていく。

目についた一番手前の駐車スペースに車を駐め、シートベルトを外して外へ出た。

藍も汰久も、まだ到着していないようだ。やはり車の心晴が一番乗りだったらしい。

(どこだ?)

全体の七割方が埋まった駐車場は、思った以上に見通しが悪い。待っている時間がもったいなかったので、とにかく片っ端から車と車の間、そして下に注意しながらフンフンの姿を探していくことにした。

「おいフンフン! いるんだろ? 返事してくれ!」

一列目を見て、次の列へ。

買い物を終えて帰ってくる人から見れば、ローアングルで地面近くを凝視しながら移動を続ける心晴は、不審人物以外の何者でもない。できるだけ声も出していく。

「フンフン！」

――ォン。

ダメ元の叫びに反応があって、自分でもぎょっとした。

立ち止まって耳をすますと、確かに遠くで犬の鳴き声がするのだ。この声の感じは大型や中型の犬ではなく、小型犬だろう。

「フンフン！」

ワオン！

心晴の背中が、総毛立つ瞬間だった。

やはりいるのだ。鳴き声のする方角へ、急いで走る。吠え声は駐車場の敷地の、外から聞こえてきた。

（外へ出たのか？）

車道で立ち往生でもされていたら、かなり厄介だ。その場を動くなよと念じながら駐車場を出て、歩道の左右を確認した――瞬間。心晴は今まさに遠ざかろうとしている籠付き自転車から、飛び出さんばかりにワンワン吠えているミニチュア・ダックスフントを目撃してしまったのだ。

毛色はチョコレート&タン。フンフンと同じ色だ。

「あの、ちょっとすみません！　その犬！」

声をかけて、むりやり自転車の前に回り込んだ。

相手は六十前後の女性だった。そして自転車の前籠に収まるダックスフントは、信じられないほど汚れた三隅家のフンフンだった。

「フ」

「うちのジェリーちゃんが何か？」

犬のべったりとした泥汚れとは対照的な、上品な仕草で首をかしげられ、心晴は一瞬言葉を失った。

「…………何かって。いや、あの、失礼ですがこの犬、うちの脱走した犬だと思うんですが」

「まあ、いきなりなんてことを言うの。ひどい」

女性は少女じみたナイーブさで、まなじりを吊り上げる。

「ジェリーちゃんはね、昔からうちの子よ」

「うちの子なのに、首輪もリードも付けていないんですか」

「やんちゃなのよ。家から脱走しちゃって、やっと見つかったところだから、一緒にお家へ帰るの。何か問題あって？」

ぬけぬけとよく言うと思った。

相手が本気で言っているのか、ごまかすために適当なホラを吹いているのか、女性の目だけでは判断がつかなかった。しかしやっているのは、犬の盗難というか誘拐だ。

「こんなに警戒して吠え続けている犬の、どこが飼い犬なんですか。やんちゃじゃなくて怯（おび）えているじゃないですか」

「そんなのあなただって一緒じゃないの」

――うっ。

「……ま、まさか。俺のことを忘れたりはしないよな、フンフン」

「知らないわよね、ジェリーちゃん。ほらそういう顔」

いきなりカウンターをくらった気分だった。

確かにフンフンは女性の自転車の籠に前脚をかけ、全方位に向かって威嚇を続けている。女性にも、通行人にも、もちろん心情にも耳を伏せて吠えている。完全にパニックになってしまっているのだろう。

しかしここで関係者だと証明できなければ、女性がフンフンを連れて行くのを止めることなどできない。

心晴は吠え続ける犬の目を、真剣に見つめた。

（いいかフンフン。おまえが俺のことをよく思っていないのは、よーく知ってる）

なつくどころか、まともになでさせてもらったこともないからな。嫌いなら嫌いで結構。

（でもな、今だけは空気読め！）

この瞬間だけは言うことを聞いてくれ。そうしたら俺が責任をもって、おまえを大好きな藍ちゃんのところに連れて行くから！

ギラギラした目と言わず全身で訴えたら、吠え続けていたフンフンが、何かを思い出したように口を閉じた。心晴はむりやり笑顔を作って、「よーしいい子だ」と汚れた毛皮をなでた。

向こうも多少の抵抗感はあるようだが、天敵の心晴に媚（こ）びる屈辱に耐え、ふるふると尻尾を振ってくれた。

「ね、ほら。落ち着けば見分けはつくんですよ」

「……それぐらい、私にだってしてたわ」

不愉快そうに述べる女性を、心晴は初めて軽く睨（にら）んだ。

「――いい加減にしましょうよ。これからあと数分もしないうちに、本当に本物の飼い主が到着しますよ。あなたその人と戦えますか」

「戦うって」

「試しに質問してみましょうか。あなたの『ジェリーちゃん』の、好きなおやつは？　覚えているコマンドは？　お手？　伏せ？　死んだふり？　子犬の頃からの既往歴は？　トイレのしつけは手こずりましたか？　かかりつけの動物病院はどこですか？　アレルギーの有無は？　寝る時はどこで寝ますか？」

「そんなにいっぺんに言わないで！　急には思い出せないわよ！」

「おかしいですね。忘れるんですか、飼い主なのに」

心晴はあくまで淡々と、女性の矛盾を指摘し続けた。

たとえ心晴にはぴた一文なつかなくとも、フンフンには藍という、愛情深く育ててくれた飼い主がちゃんといるのだから。ここで渡すわけにはいかない。

「少なくとも俺が知ってる飼い主なら、今の質問は全部即答できますよ。エピソード付きで真面目に律儀に、面接みたいでも嬉しそうに話します」

動物病院の待合室でも、カフェのテラス席でもそうだった。念願叶って、やっと迎えられた犬だと言っていた。少しぎこちないやりとりの中で、こと愛犬に関しては屈託のない笑顔を見せるのが好きだった。

「今、その子は大事な家族がいなくなって心を痛めています。朝からずっと、ぼろぼろになって探し回ってるんです。わかってくれませんか」

心晴の話を聞く女性の顔が赤いのは、この炎天下の日差しのせいだけではあるまい。だからこそ、ちゃんと納得してもらわなければと思った。

「フンフンを保護してくださったことは、お礼申し上げます。本当にありがとうございます。ただ、すみません。万が一にもいなくなった犬の代用品のような気持ちで連れて行くようでしたら、考え直してくださいませんか。その犬とこの犬は別の犬なんです」

「ジェリーちゃんは……」

「その子の好物をあげても、たぶん食べないです。思い出ほどは喜びません。がっかりするのはあなたです」

なぜなら時は戻らず、やり直しもできないからだ。

心晴の話を聞いていた女性が両目をつぶり、その端から小さな涙がこぼれ落ちた。

彼女は静かに泣きながら、フンフンを籠の中から抱き上げた。何が起きたかわかっていないのか、それでも吠えないフンフンを「いい子ね」と一度だけぎゅっと抱きしめると、心晴の方へ押しつけた。

振り返れば未練が残るとばかりに、サドルにまたがって走り出す間、一度もこちらを見ようとはしなかった。

——なんとか説得できたと、思っていいのだろうか。

心晴は腕の中に押しつけられた、泥だらけのミニチュア・ダックスフントの顔を見た。向こうもまだ放心状態のようだったが、目と目が合ったら、我に返ったようにみじろぎをして下へ降りたがった。

「いやおい、ダメだって。おまえまだノーリードだろう」

たとえマグロのように暴れられようと、ここから引き渡すべき相手は、別にいるのだ。

「——心晴さん！」

ほら、来たぞ。

道路の向こうから、フンフンの本当のご主人が駆けてくる。この暑い中を駆け回って、おかっぱ頭の上から水をかぶったような風体だったが、それだけ必死だったのだろう。

藍は心晴が胸に抱いている飼い犬の、五体満足な姿を見て、みるみる顔をくしゃくしゃに歪(ゆが)めた。

フンフンも藍に気づいて、ますます尻尾を振りだすので、心晴はフンフンが暴れて怪我(けが)

をしないよう、慎重に藍へ引き渡した。

「ほら、気をつけて」

「かっこよすぎますよ、心晴さん……」

「大丈夫、汚れてるけど怪我はしてないよ」

しょせん心晴がしたことなど、この瞬間のための時間稼ぎである。

フンフンは藍の手に移ったとたん、ぽろぽろと泣き出す藍の顔をさかんに舐め、耳の匂いを嗅ぎ、藍はそんなフンフンを両手で抱きしめてしゃがみ込み、ますます子供のように大泣きを始めた。

「……よかった。ごめん、ごめんねフンフン……！」

後から汰久も到着したが、こちらから特に説明する必要がないぐらい、それは完成された場面だったわけである。


【三隅藍の場合】

まずはきちんとシャンプーとリンスをして泥を落としたら、タオルドライの後にドライヤーをかける。

「ほら、もうちょっとだからね。お利口にしていてね……」

洗面台にフンフンを乗せ、ドライヤーの熱と騒音を嫌がらないよう、小さめのおやつをあげつつ話しかけ続けた。

――よし。だいぶ乾いてきた。

最終的にできあがったのは、つやつやふかふか、洗い立ての綺麗(きれい)なフンフンである。こしばらくで一番と言っていい仕上がりに、自分の汗だくを棚に上げても満足した。

「良かったね、ぴかぴかになったよフンフン」

藍はフンフンを抱き上げ、その足で一階の和室へ向かった。

強めの冷房をきかせた六畳間は、ひんやりと涼しかった。座卓で冷たい麦茶を飲んでいた心晴が、藍たちを見て破顔した。

「おお、ずいぶんすっきりしたじゃないか」

「汰久ちゃん、いないんですか？」

「あいつはさっき帰ったよ。夕飯が天ぷらなんだとさ」

藍が風呂場に行くまでは、心晴と一緒に麦茶を飲んでいたはずなのである。

「……そうですか。お礼を言いたかったのに……」

「そのモデルみたいなフンフンを撮って、ＬＩＮＥでもしとけばいいよ」

フンフンを畳に下ろしてから、藍も座布団に正座する。

ようやく自由の身になったフンフンは、洗われてつやつやの耳と尻尾をなびかせて、藍たちの周りを走り回った。ふすまを隔てた向こう側――リビングのきなこまみれなカーペットの掃除はまだすんでいない――に突入されないか心配だったが、閉めきっているのでそちらへ行くことはないだろう。

「どう、藍ちゃん。ちょっとは落ち着いた？」

心晴に問われ、藍はあらためて考えた。

この人の車に乗せてもらって、家に帰ってきて。まずは泥だらけのフンフンを綺麗にすることだけを思って、手を動かしてきた。

シャワーをかけると、あとからあとから真っ黒い汚れた水がどんどん出てきて、それだけこの子が大変で怖い目に遭ったかと思うと泣けてしょうがなかった。もっとも、そのずっと前から藍の涙腺は壊れっぱなしに近く、心晴にはみっともないところばかり見せてしまったと思う。

「保健所と警察には、見つかったって連絡しておいたから」

「ありがとうございます。もうこんなことは絶対にないようにします」

「うん。藍ちゃんならね、身に染みてわかってると思うけど」

「はい。お手数おかけしました」

心晴は終始穏やかだった。しかし、それに甘えてはいけないのはわかっている。

彼が現場に到着した時、フンフンは別の人に連れて行かれる寸前だったらしい。聞くだけでぞっとする話だ。

「最初にフンフンを保護してくれた方って……犬が好きな方だったのでしょうか」

「たぶんね……」

心晴は若干歯切れの悪い口調で、うなずいた。

「色々事情はあったんだと思う。でも、フンフンの飼い主は藍ちゃんじゃないか」

「……私は未熟者です」

「フンフンだって、ずっと君のところに帰りたかったんだ」

ひとしきり畳を走り回ったフンフンが、藍の膝の上に乗ってくる。その安心しきった顔を見ると、また鼻の奥がつんとした。本当に無事に帰ってきてくれてありがとうと言いたかった。

心晴が、空になったコップを座卓に置いた。

「さて、じゃあ俺もそろそろお暇(いとま)するよ」

「え」

座布団から立ち上がるので、藍はつい慌てて言ってしまった。

「あの、心晴さん。もうちょっと、ゆっくりしてったらどうですか。私、これからお夕飯を作りますよ。今日は母も帰ってきませんし」

いきなり一人にされるのが、不安だったのだ。心晴が一瞬面食らったような顔をするので、藍はますます慌てた。

「もちろん、すごくおいしいわけでもないですから、無理にとは言いません。お断りいただいても、当然結構です」

「……親御さん帰ってこないお宅に二人きりは、まずいでしょうよ」

「あ……」

心晴の苦笑。藍の呆然。畳にいる藍の頭に、ぽんと手が置かれた。

「残りたいのはやまやまですけどね」

心臓が跳ね上がって、顔が焼けるかと思った。

そのまま帰宅しようとする心晴を玄関まで見送って、また和室に戻ってくる。

藍は柱に背を預けながら、ずるずると畳に腰を下ろした。カーポートに駐めていたパッソにエンジンがかかって、遠ざかる音がここまで聞こえてくる。

(馬鹿)

意志に反して、顔が熱い。

いくら不安だからって、なんて非常識で大胆なことを言ってしまったのだ自分は。

きっと心晴も困っていただろう。あの苦笑はそういう意味だ。

「ああもう、馬鹿！　馬鹿だ！」

きちんと説明するべきだろうか。さっきのあれに深い意味はないし、ただちょっと気の緩みと寂しさが口をついて出てしまっただけだと。一日迷惑をかけた相手に、どこまで無礼を働けば気がすむのだ自分は。

いたたまれなさに倒れ伏す藍の鼻先に、フンフンが近づいてきた。こちらはとても可愛い。可愛いと死にたいの気持ちの狭間でどうにかなりそうだ。藍はただフンフンを抱き寄せて小さくなることしかできなかった。

触れられた時、本当にどきどきしたのだ。あんなのは初めてだった。

（ひどい……）

きっと今日一日が、大変すぎたからだ。

そしてあの時の藍は、こんなシャンプーのいい匂いなんてしなかった。絶対に汗臭かった。犬用シャンプーの香りと自分の惨状を比べて、激しい反省にのたうち回るのだった。

【鴨井心晴の場合】

藍の家を出る時、すでに日は沈んで夜になっていた。

心晴は一人車を走らせ、市役所近くにある自宅アパートを目指している。

気分的には突発の大仕事を無事に終わらせたという開放感で、馴染みの中華屋あたりで一杯飲みたいところではあったが、運転してきてしまったので仕方ない。途中のコンビニでビールと弁当とつまみでも買って、家で願いを叶えることにした。

（必要なのは、適切な距離感と清潔感。適切な距離感と清潔感）

そしてお題目のように唱えるこれは、成人男子がクズな本音を隠して社会で生きていくための必須項目だ。

帰り際、藍にすがるような目で見られてしまったが、あそこで言葉通りに受け取るような真似をしてはいけないことぐらいわかっていた。明らかに藍は気が弱って正常ではなかったし、正気になって後悔するのは彼女の方だ。

（冷静になれよ、鴨井心晴。いくら可愛い子に誘われてもな、場所を移せば高校生のチンパンジーなんだぞ）

だからちょっともったいないことをしたなんて思うな、クズ野郎。あんなに無事にフンフンが見つかって大喜びする姿を、目に焼き付けて誇りに思うだけで充分だろ。あの世までの徳が積めたと思え。

ハンドルを握る心晴は、そこから数分真面目な顔を維持した。

（……でもちょっともったいなかったか）

思うだけなら自由だ、自由。

どうがんばっても彼女が人間以外の生き物に見えたことはないし、しょせんは俗物な自分を認め、心晴は今だけ残念を味わうことにした。

途中、最寄りのコンビニに寄り、予定通り夕飯と晩酌セットを購入する。

いつもの１ＤＫのアパートに到着した。

駐車場から自分の部屋を見て、照明が付きっぱなしだったことに気づく。

（やべ）

藍の電話で慌てて飛び出したものだから、消すのを忘れていたらしい。こうこうとした明かりに、キャットタワーのシルエットが浮かびあがっている。

心晴は失敗したと頭をかきつつ、鍵を取り出し部屋のドアを開けた。靴を脱いで、中へ上がる。

「ただいま。帰ったぞ女王様ー」

白く尊いお猫様を飼っているので、照明のオンオフはともかく、冷房だけは割り切って付けっぱなしにしてある。おかげで部屋の中は、表に比べて快適な温度だった。

「まだ拗ねてるのかー？」

心晴は喋りながら、気まぐれな飼い猫の姿を探した。

彼女は床に置かれたままのペットキャリーでも、窓際のキャットタワーでもなく、いつもの猫用ベッドに、物言わず横たわっていた。

その姿を見た瞬間、心晴の手からコンビニの袋が落下した。チンジャオロース弁当が潰れ、袋から飛び出た缶ビールが、勢いよく部屋の中を転がっていく。

ようやく叫んだ。

「キャロル！」

いつつめのお話　NNNによろしく

【三隅藍（みすみあい）の場合】


フンフンが迷子になった日の夜、藍は心晴（こはる）にお礼のメッセージを送った。

文面はこうだ。


『こんばんは。本日は大変お世話になりました。

もうこのような失敗はしないよう、再発防止につとめ、フンフンともどもよく気をつけます。

後から考えると、図々（ずうずう）しいことも沢山言っていました。

恥ずかしいし反省しているので、どうか気になさらないでください。

それでは、暑い日が続いておりますが、お体には気をつけて。

この夏休み中も、先生のお仕事は沢山あると伺って、感謝の念を新たにしているところです。


追伸。今回の件に関しては、また日を改めてお礼をさせてください』

ＬＩＮＥにしてはどうにも堅苦しいし、可愛げにも欠ける文章だったが、まずはしてもらったことへの感謝と、無礼に対するフォローをしなければと思ったのだ。

しかし翌日になっても、メッセージは既読にならなかった。

それどころか、次はいつ返事がくるかと胃を痛めることになるとは、さすがの藍も思わなかったのである。

＊

『おはようございます、三隅です。たびたび失礼します。

新学期が始まって、もう一週間がたちました。心晴さんは、お風邪など召されていませんか？

私が通う県立浦和中央高校では、文化祭の準備が進んでいます。三年生なので、あまり凝ったことをするなと先生方に言われていますが、ささやかながらクラスで人形劇を行うことになりました。

演目は、クラスで話し合ってグリム童話のアレンジになりました。脚本担当の人が大変張り切っています。私は小道具係を拝命し、イヌとネコのパペットを作ることになりました。外見は自由らしいので、フンフンとキャロルをモデルにしようかと思っています。

みんな勉強の傍ら練習したり何か作ったり、考えてみると全然ささやかじゃないかもしれません（お祭り好きな人が多いクラスなのです）。

心晴さんの学校も、今頃は準備や段取りなどで忙しいでしょうか。

日中はまだまだ暑いですが、朝晩は少しずつ涼しくなってきました。フンフンの散歩もそろそろ元の時間帯に戻そうかと思います』

朝七時半の、ＪＲ川口駅であった。

この時間、駅に一つしかないプラットホームは通勤通学の人でぎっしり埋まる。しかし大半が東京方面へ向かう上り列車の利用者なので、同じ埼玉は大宮行き下り列車を使う藍は、まだ比較的殺人ラッシュに遭わずにすんでいた。

規則に沿ってホームドアのサイドに並びながら、一方的なＬＩＮＥの長文に、せめてもの可愛げを足すスタンプや絵文字を選ぶ余裕もあった。

だけど、送ったところでどうせ反応がないかもと思うと、どうにも気が滅入ってしまう。

（やっぱり迷惑なのか）

迷いながらも送信はした。目の前に電車が滑り込んできたので、藍はスマホを持ったまま車両に乗り込んだ。

奥の扉の脇に立ち、こうまで疑心暗鬼になってしまった経緯を思い返した。

そもそも心晴と最後に会ったのは、八月下旬のことだ。藍の不注意でフンフンを迷子にしてしまって、心晴に助けを求めて見つけてもらったあの日。藍は彼が帰った後、あらためてお礼のＬＩＮＥを送ったのだ。

これに既読のマークがついたのは、送ってから二日後のことだった。

『ごめん！　ちょっと仕事でばたついてた。お礼とかいいからね別に！』

そんなに急にばたつく仕事ってなんだろうと思ったが、その時は言葉通りに受け取って納得した。きっと受け持ち生徒にトラブルがあったとか、そういうことなのだと。

『お疲れ様です。でもやっぱりお礼をしないのは気になります。キャロルの新しい猫じゃらしとか、作ってもいいですか？　勉強もします、もちろん！』

今度は読んでもらうのに三日かかった上に、詫びのスタンプだけ一個、おざなりについただけだった。

(本当に忙しいのかもしれないし)

でも、今までどちらかといえばマメなタイプだった心晴だけに、この変化は考えてしまうのだ。

たとえば藍のやったことが非常識で、ありえなさすぎて、もう関わりたくないと思われているとか。きっとそうなのだ。あの日以来、向こうからの雑談が完全に絶えているのも地味にきつい。

それでも一縷の望みをかけて、こうして性懲りもなく近況報告をしたため、相手の近況にも探りを入れ、さりげなく散歩時間の変更を織り込んでお誘いがかかるのを待っているのである。

（何をやっているんだ、これ。たぶん凪ちゃんあたりに相談なんてしたら、キショイと言われるやつ……）

憶測に憶測を重ねて傷つく状況に、何度目かというため息しか出てこなかった。

学校が終わって家に帰ったら、予備校がない日は自室にこもって文化祭のパペット作りにあてた。

藍は作りかけのパペット二体を、両手にはめて動かしてみる。

基本は大きめに作った布手袋に、ぬいぐるみの頭をつけたものだ。モデルはフンフンとキャロルにしたので、一匹は垂れ耳に鼻面が長めのミニチュア・ダックスフントで、もう一匹は金色の目に三角の耳の白猫仕様である。尻尾もチャームポイントなので、犬にも猫にもちゃんとつけた。

今回の演目は、グリム童話『ブレーメンの音楽隊』のパロディだそうだ。あれに出てくる犬がダックスフントなのかは不明だが、グリム童話もダックスフントもドイツ生まれなので、ぎりぎりありということにした。

（……猫の前脚感を出すには、まん丸にステッチ。ラインを三本ぐらい入れると、それっぽくなるかもしれない……）

キャロルの前脚を操作する、パペットの親指と小指にあたる部分の先端に、茶色い刺繍糸でクリームパンのようなラインを入れたら、かなり『猫の手』らしくなった。

実際の猫の前脚を見ても、同じようなまん丸いフォルムに三本のラインでできあがっていた。前に撮ったキャロルの写真を、アップで確認したから間違いない。

可愛さで言うならフンフンの脚も骨付きフライドチキンのようでなかなかだが、猫のように爪が引っ込まないので、もう少し複雑な形をしているように思う。パペットに落とし込むのは難しそうだ。

こうなるとピンクの肉球もいい感じに再現したくなり、生真面目で凝り性の藍は、ネットで猫の足裏について検索をかけまくった。

そこで、少々面白い記述を見つけてしまった。

「……ヘミングウェイ・キャット？」

そんな猫がいるのか。

なんでも通常の猫の指は、前後ろ合わせて十八本。しかし、もっと数が多い多指症の猫がもてはやされる地域もあるそうだ。アメリカやカナダなどでは、幸運のお守りと言われているらしい。

指が多いと言われると、すわ病気の心配をしてしまうが、どちらかというと遺伝的な特徴らしい。尻尾の曲がったカギ尻尾猫や、生まれつき尾が短い猫が出るように、指が多くなる因子を持った猫が存在するのだそうだ。その猫が普通の猫と交配すると、だいたい二分の一の確率で同じような多指症の猫が生まれる。なるほどなるほど。

作家のヘミングウェイが暮らした島も、この因子を持つ猫が多い地域だったそうだ。地元漁師の間で船のお守りにされていた指の多い猫を、彼も幸運の印として愛したのだという。ついた名前が、ヘミングウェイ・キャット。

（心晴さんは知っているのかな）

訊ねて反応を見てみたい気がした。あの猫好きな先生のことだから、他のエピソードも交えて色々語ってくれるに違いない。

——昔の心晴なら、という前提がつくが。藍は肩を落とした。

本当に、たわいもない話が気軽にできた、あの頃が懐かしい。どうしてこうなってしまったのだろう。

「藍ー」

針仕事のため閉めていたドアが、ノックもなしに開いた。里子がフンフンを小脇に抱えて顔を出す。

「今日はこの子の夜散歩、どうする？　藍が忙しいなら、ママがちゃちゃっと行ってくるけど」

フンフンは里子に抱えられたまま、目をきらきらさせている。どちらにしても、散歩に連れて行ってくれると信じて疑わない目だ。

「いいよ、私が行く」

「そう？」

ここでどんよりしているよりも、まだ有用な気がしてきた。

公園の遊歩道を抜け、芝生の広場に出る。日が落ちて暑さが和らいだせいか、リードを付けて犬を散歩させている犬友さんが、そこそこ集まっていた。

「……汰久ちゃん」

「んー、なに」

「汰久ちゃんは最近、心晴さんと連絡を取っていたりする？」

「コハルと？」

藍は神妙な顔でうなずく。ただいまカイザーに新しい芸を仕込み中だという汰久は、「うーん」と顎をかいた。

「いや、そう言われてみたらしてないわ。夏休み以来全然かも」

「本当？」

「それがどうかした？」

藍は、ためらいがちに打ち明けた。

「……私は、心晴さんに嫌われたかもしれない……」

「はあ!? なんだそりゃ」

「嫌われたというか愛想をつかされたというか。何度かＬＩＮＥしても、ぜんぜん反応がない……」

「単にシゴト忙しいんじゃねえの？」

「それっていつまで？　いい加減空気読めって言われてる気がするんだ」

藍は足下のフンフンをなでるふりをしつつ、ため息をついた。

「……えー、そりゃないだろ。あのコハルに限って」

なぜ断言できるのか、藍にはさっぱりわからなかった。現に最後に出したメッセージに対し、心晴からの返事はないのである。ゼロなのである。

「……確かに失礼きわまりないことをしたし。私にうんざりして避けたいというなら甘んじて受けるけど、でも、だったらせめてちゃんとお詫びがしたい……」

「あーもー。だったらぐだぐだ言ってないで、直接コハルん家(ち)行って、何がどうなってるのか確かめてみるか？」

たぶん汰久は、きっとここまで言えば藍がひるんで諦めると思ったのだろう。

「ほらどうする？」

「……わかった。なら確かめる……」

「え、やるの。マジで」

たとえて言うなら、それぐらい崖っぷちで追い詰められていたのである。

心晴のアパートへは、駅前から市役所方面行きのバスに乗れば、一番早く行けるのはわかっていた。

いったんそれぞれの家に犬を置いてきた後、藍は言い出しっぺの汰久を連れて、ふだん行かない行き先のバスに乗り込んだ。

「ところで汰久ちゃん、こんなに遅くまで大丈夫？」

「塾の帰りよりは、まだ早いよ」

バス停を降りて目的の場所が近づいてくると、急に現実感が出て怖くなってきた。

「ご、ごめん。ちょっと待って。一分だけ深呼吸をさせて」

「ばーか。何今さら怖じ気（おけ）づいてんだよ。こんなとこまで来て」

汰久は容赦がなかった。

ささやかな心の準備も許されず、問題のアパートの前までやって来てしまった。

しかしアパート敷地（しきち）内にある駐車場――在宅中なら必ずあるはずの、例の緑のパッソが駐まっていなかった。

部屋の電気も消えている。

藍は時計を確認する。そろそろ九時になろうとしている。

「まだ仕事っぽいね。帰ろうか」

「あ、おい」

図々（ずうずう）しく押しかけてきたはいいものの、会えないことにほっとしている自分もいた。

状況は絶望的でも、決定的な事実を突きつけられるまでは、まだ夢を見ていられる。弱虫の理論だ。

表通りのバス停に引き返そうとしたが、汰久がなかなかアパートの前から動こうとしなかった。

焦れて振り返った藍を、逆にちょいちょいと手招きしてくる。

（なに？）

彼は、目の前のゴミ置き場を指さした。

「どう思う？　これ」

街灯の光に照らされているのは、粗大ゴミとして出された突っ張り式のキャットタワーだった。

ジョイント部分でパイプ二本に分解されているが、上段のバスケットの色合いといい、見覚えがあるデザインだ。

しかもご丁寧に、すぐ見えるところに有料のゴミ処理券が貼ってある。受付番号と心晴の名前、そして集収日である明日の日付がきちんと書いてあった。

「単に新しく買うから、古いのいらなくなったってだけだよな？」

本当にそうだろうか。目の前のキャットタワーは、どこも壊れていないし、古くもない。

汰久もわかっているだろうに。

藍の中で、訳もわからぬ虫食い状態だったジグソーパズルが、急に動きだしたような気がした。これが全て正しくはまれば、全体の絵が見えてくるような。

そんな藍たちのことを、横合いからまばゆいライトが照らし出した。

住人の車が、アパート前の駐車場に入ってくるところだった。

停車した緑のパッソから降りてきたのは、ノーネクタイのワイシャツにスラックスという、通勤スタイルの心晴だった。

(——心晴さん、痩せた)

一目見ただけで、以前と横顔のラインが違うのがわかる。単純に減量したというよりは、面やつれしたような痩せ方だ。

こちらが見えていなかったはずはないだろうに、黙ってアパートの中へ移動しようとした心晴に、汰久が「おい!」と声をかけた。

当人は、初めて気づいたように目を見開いた。

「どうしたんだ、二人とも。そんなとこで」

「それはおまえに連絡つかないのを、アイが心配して……って、そうじゃないよ。なんでこのキャットタワー、捨ててあるんだ?」

汰久の質問に、心晴はその場で苦笑した。

「ごめんごめん。ちょっと細かい雑談まで返してる余裕がなかったんだ。キャロルも亡くなったところでさ」

汰久が、頬をはたかれたかのように固まった。

一方で藍は、まだ仮置きだったパズルのピースが、完全にそこにはまるのだとわかってしまった。なぜ彼がそんな大事なことを教えてくれなかったのか。なぜ急によそよそしくなったのか。いつからよそよそしくなったのか。その頃自分は何をしていたか。

お礼がしたい、どころの話ではない。

何が新しい玩具だ。

全体像が見えてしまえば、それはそれはおぞましい——。

「じゃ、あんまり遅くなる前に帰れよ——」

「いつですか」

藍は、立ち去ろうとした心晴に訊ねた。

「キャロルが亡くなったのは。何月何日ですか」

「それは」

「八月の。私が、フンフンを逃がしてしまった時ではないですか。それで、心晴さん——」

間に合うはずのものが、間に合わなかったのでは。

自分で質問しておきながら、実際に心晴の口から答えを聞くのが耐えられなかった。

「藍ちゃん」

「ごめんなさい！」

その場で打ち切って逃げ出した。表通りのまぶしい照明が、走るせいでぐらぐらと揺れ、しだいににじんでよくわからなくなった。

バス停の前でスマホを取り出し、藍は学校の友人に電話をかけた。

「……もしもし、凪ちゃん。うん、私。小道具のパペットだけどね……ごめん、無理。使えない……」

作ったのは、ダックスフントと白猫の二匹。尻尾の先までそっくりに作ったのだ。

「藍？　帰ったの――」

リビングには風呂上がりの里子がいたが、そのまま二階へ直行した。

自分の部屋に駆け込んで、ドアを閉めてベッドに倒れ込んだ。

こらえていても声が出そうになって、枕に顔をうずめた。申し訳ないのに今さらどうにもならない事実が、なおさら苦しくてならなかった。

鞄のポケットに入れていたスマホに、着信があったと気づいたのは、一人で泣いていた時だった。

てっきり直前まで話していた凪沙からだと思ったが、違った。

『今、電話してもいい？ 話したいんだ』

もうずっと途絶えていた、心晴のＬＩＮＥだった。

藍は、何度もその文面を見直してから、ＯＫと返事を打った。

すぐに手の中で、着信のバイブが震えはじめた。

怖いと思ったが、恐る恐る通話に出た。

「……もしもし？」

『ああ、藍ちゃん？』

スマホ越しに聞こえてきたのは、藍がよく知る穏やかな声だった。

何度緊張してもまた聞きたいと思った、優しい心晴のそれで。

『ごめんね、夜分遅く』

「とんでもないです」

『あの後、一人で大丈夫だったかな。汰久にも言ったけど、どうしても誤解だけは解いておかないとと思ってさ』

「誤解、なのですか」

何が誤解だったと言うのだろう。

「……キャロル、亡くなってしまったのですよね」

『ああ。確かにね。君が言った通り、死んだのもあの日で合ってる』

――やっぱり。胸が痛んで、すぐには声が出てこない。

『でもね、絶対に誤解してほしくないんだよ藍ちゃん。亡くなったのは、完全に寿命なんだ。あいつは二十一年も生きて、一年近く病院通いして、数字の上だけならいつ迎えがきてもおかしくない状態だったんだ。俺がいてもいなくても、あの日に旅立つのは変わらなかったと思う。きたむら動物病院の先生も、ここまでよくもったって驚いてたぐらいだ。ほんと、奇跡ってやつで』

「じゃあ、どうして……」

『別に避けてたつもりは……いや、言い訳は見苦しいな。俺が君に連絡できなかったのは、もっと根本的なこと……そもそも実家から連れ出したのが間違いだったんじゃないかとか、独りで逝かせたくなかったとか、そういうのをたまたま居合わせただけの君にぶつけそうになるのが怖かったからだよ。君は何も悪くないのに』

悪くないと呟く声こそ、心晴のやり場のない嘆きが伝わってくる気がした。こんなに悲しい告白もないと藍は思った。

「……心晴さん、今、辛いですよね。すごく苦しい……」

『そんな風に思いやってくれる資格なんて、俺にはないよ。本当にごめん』

けれど藍の顔を見るのも、今は思い出して辛くなるに違いない。

「……どうしたいですか、心晴さん」

藍は訊ねた。

「このまま、電話を切った方がいいですか」

そしてお互い、二度と会わない。そうすることもできる。

スピーカーの向こうの心晴は、長く迷っているようで、なかなか声が聞こえてこなかった。

『……時間をくれないか』

ようやく出てきたのは、絞り出すようなそんな一言で。

『今はちょっとぐちゃぐちゃで、自分の中でも何がしたいか整理しきれないんだ。ごめん』

「わかります。待ちますよ、私」

藍は訴えた。

「心晴さんは、今は私の顔も見たくないかもしれませんが。でももし気が変わったら、またいつでもいいから声をかけてください」

あなたは私の恩人で、沢山沢山、助けてもらった大事な人だ。

「待ちます、ずっとずっと」

『ありがとう。いい子だよね、藍ちゃんは』

へたにいい子だなんて気を使われるより、罵られた方がずっとましだった。それで彼の気がすむのなら。

通話はそこで終わりだった。

ドアの向こうで爪をたてる音がしたので、そっと開けたらフンフンが待ちかねたように滑り込んできた。さっきまで藍がいたベッドに飛び乗って、この世の王様みたいにワンと鳴く。

彼も心晴に救ってもらった、藍の大事な宝物だ。

「フンフン、聞いた……？　キャロルがね……天国にいっちゃったんだよ……」

背中をなでる手触りは柔らかく、同時に白猫の滑らかな毛皮も思い出して、どうしようもなく悲しかった。

＊

沢山泣いた夜が過ぎ、朝起きて、藍は思った。

もうこれからはスマホをことあるごとにチェックして、返事がないと落ち込むのはやめにするのだと。

諦めるわけではない。忘れるわけでもない。でも、待つと言ったからには前を向かないと。

見返りを期待せずに待ち続けるというのは、たぶんそういうことなのだ。

朝七時半の、JR川口駅のプラットホーム。いつもなら混雑する待ち時間を、受験勉強かスマホの新着チェックで過ごしていたが、今日は何も出さずに空だけを見つめてみた。

(――トンボだ)

いつも犬を散歩させる公園と、増え続ける高層マンションの間に見える空は、思った以上に高くて青い。

ホームを渡る風は、確かに秋になろうとしていた。

【鴨井心晴の場合】

心晴が覚えている、一番古くて寒い記憶は、付け心地の悪いミトンの感触と、か細い命の鳴き声がセットになっていた。


——ねえばーば。ばーばってば。あそこニャーがいるよ。

——きこえないの？　ニャーニャーないてるよ。

——ぼくとばーばのこと、よんでるよ。


恐らく家で、やらなければならない用事があったのだろう。小児科のクリニックから急いで帰宅の途につこうとしていた祖母の袖を握り、必死に指をさし続けたのを覚えている。

結果的に側溝から救い出された猫は一匹だけで、クリスマスが近かったので『キャロル』と名付けられた。今は亡き祖父の命名である。

心晴が見つけたのだから、責任をもって大事にしなさいと、両親にも頭をなでられた。

心晴は自信をもってうなずいたものだ。

それから二十年と少したち。物心ついてからの記憶は、全てあの猫とともにあった。自分は言われた通り、キャロルを大事にできただろうか。

（なんだよこれ）

たとえば残業して帰ってきて、自宅アパートの郵便受けに、死んだ猫のワクチン接種のお知らせが入っていたりする。とっさに嫌みかと憤る。実際は転院する前に行っていた動物病院からの、ダイレクトメールにすぎないとわかっていてもだ。とりあえず破ってゴミ箱に捨てた。

部屋の中は、すでにキャットタワーも専用ベッドもゴミに出した後なので、急に広くなった空間がまだ目に慣れなかった。かわりに焼いてもらった遺骨が、小さな壺に収まってキャビネットの上に置いてあるだけだ。

一人になって、弁当を食べながらテレビを見ていると、どうしても思い出してしまう。少し前まで、この状態の膝に、音もなく乗ってきた温かい存在がいたのだ。もしくは落ち込む心晴の空気なぞ読まずに、自分にも食事をよこせと甘噛みをする女王様と言ってもいい。

鮭(さけ)弁当の鮭を狙う魔の手から、弁当を守って早食いをする記憶すら懐かしかった。

（ごめん、キャロル）

止めてくれる相手がいないから、ふとした時に沈み込んでそのままになる。

これからはこの状況が当たり前になるのだと言い聞かせても、一日一日を普通の顔で過ごすだけで精一杯だった。

「――それじゃ、後片付けと戸締まりしたら、鍵持って職員室きなさい」

職場で必要なのは、教師の顔。心晴が生物室に顔だけ出すと、総勢五名の生物部員たちはいっせいに「はーい」「了解っす」と返事をした。

美園(みその)学院が規定する、生徒の最終下校時刻からさらに二時間ほど居残って事務仕事を片付けると、まだ仕事をする同僚と警備員に挨拶をしてから職員用の駐車場へ向かう。

車通勤のいいところは、満員電車に乗らなくていいところと、飲みの誘いを断りやすいところだと思っている。

（――それだけでもないか）

北向きで照明も少ない駐車場の、心晴の車の脇に女子生徒が立っていた。引退する六月まで、さきほどの生物部に所属していた三年生だ。

「やっほう、鴨井せんせ」

「林……おまえ、こんな時間まで何やってるんだ」

制服姿の女子生徒は、どこかいたずらめいた目で、パッソの屋根にもたれかかった。

「とっくに下校時刻過ぎてるだろ」

「可愛い後輩がさー、最近の鴨井せんせが元気ないって言うから、顔見にきたの」

「お気遣い嬉しいが、そこどいてくれ」

「嫌だって言ったら？」

君たちは若くて、みな可能性の塊で、前途有望なお猿さんだ。チンパンジーから人間にして送り出すのが心晴の使命である。

「前にも言ったと思うけど、わたし鴨井せんせのこと」

「はい聞きませんよ」

心晴は、少々強引にドアを開け、運転席に乗り込んだ。シートベルトを締め、エンジンをかける。

女子生徒は窓ガラスをバンバン叩いて鬼の形相だったが、心晴も心を鬼にしてスルーした。駐車場をゆるやかに発進する。

「ばかー！」

すげなくされた彼女はかなりのおかんむりだろうが、へたに気を持たせる方が傷を広げることを心晴は知っていた。せいぜい同じジャングルのコロニーの中で、存分に怒って傷を癒（いや）してくれと願うしかない。

そして同時に、他人の傷ならいくらでも客観的になれる自分にも呆（あき）れた。

現に心晴は、似たような年の少女を宙ぶらりのまま放り出しているのである。

——待ちますよ、私。

そう言った藍は強いなと思った。

たぶんどんな状況でも、あれよりはましな形で、事実をオブラートなりなんなりに包んで伝えることはできたはずだ。日頃の口先だけで生きている自分ならなおさらだ。しかし現実は不意打ちの訪問をくらったあげくに、なんのフォローもできずにあのザマだ。

朝に夜に。道ばたですれ違う犬連れの女の子を見るたび、どこかで真面目だった彼女のことを思い出す。

彼女に言うべきだった正しい言葉を探して、そうではなかった自分を罰し続けている。

（……缶詰もこれで終わりだな）

帰宅の途中にちょうどいい弁当がなかったので、心晴は自宅の段ボール箱を漁って鯖缶と素麺を取り出した。今日はこれを夕飯にする。

麺を茹でている間に玉ネギを刻み、水煮の鯖と一緒にレンジで温めためんつゆに投入する。他に入れる薬味は、ごまと刻み海苔と七味唐辛子。これでつけ麺のつゆが完成だ。

素麺が茹であがって水で締めたら、できあがった温かいつゆにくぐらせて、一気にすすった。

粗みじんの玉ネギの食感と辛味、青背の鯖の相性も良く、実家からの支援物資もバランス良く消費できるので、気づけば蕎麦も素麺もこの食べ方が定番になってしまった。

これも最初に教えてくれたのは、藍だったか。確か後から、律儀にレシピまで送ってきてくれたのだ。

食事が終わって、空になった段ボール箱を潰して畳もうとひっくり返したら、底から白く光るものが床に落ちた。

(……なんだこれ)

台所の片隅で目をこらせば、それは髪の毛でも糸くずでもなく——猫のヒゲだった。

キャロルのものだ。

あれから掃除も片付けもマメにやっているのに、こうして不定期にあの頃の名残が顔を出す。

段ボール箱に入って遊ぶ猫の声。初めての光景に悲鳴をあげる汰久、そして驚く藍。全部がリアルな五感を伴って蘇る。

正しさなんていらないと思った。ただ自分はもう一度『会いたい』のだと、夜更けのアパートで痛感した。

【三隅藍の場合】

『一年A組、カレーカフェ営業中！』
『漫画研究部、部員の私物で漫画喫茶やってます！』
『陸上部のお化け屋敷はひと味違う！　最速ゾンビのスリルをあなたに……』

よくもまあ、かぶりもせずに色々あるものだ。

その日、藍が嫌というほど見慣れた校舎の窓や外壁は、手作りの垂れ幕やポスターで埋め尽くされていた。正門から教室の中にいたるまで、文化祭という名のデコレーションが施され、年に一度のド派手な変貌を遂げてしまっている。

「いやー、毎年のことだけど、お祭りって感じでテンション上がるよね」

「凪ちゃんはね……」

友人の凪沙は中庭を歩きつつ、右手にフランクフルトと焼きモロコシを持ち、左手におでんが入ったスチロールカップを持ち、手首にヨーヨーと綿飴(わたあめ)の袋を提げて、文字通りお祭りを全力で満喫している感じだ。紙コップのジュース一杯しか持っていない藍は、何か申し訳ない気分にさえなってきた。

「ところで凪ちゃん。あと五分で吹奏楽部の最終公演が始まるけど、見に行くんだよね？」

「もっちろん。後輩の勇姿は見てやらないと」

「大丈夫？　体育館は飲食禁止じゃ……」

「あー、平気平気。今ここで食べるから。五分もいらない。三分あれば余裕で間に合う」

間に合うのか、そのラインナップとボリュームで。素直にすごいぞと思ってしまった。

「いたー、みすみん発見！」

側(そば)で凪沙の早食いを見守っていたら、人混みを縫ってクラスメイトが駆け寄ってきた。真柴容子(ましばようこ)。藍のクラスの、ホームルーム委員長である。すらりとした長身痩軀(そうく)に赤フレームの眼鏡が似合う、男前女子だ。

しかし、何をそんなに急いでいるのだろう。藍の担当は人形劇の小道具作りだったし、当日の受付ノルマは午前中に終わらせていたはずだ。

「ラッキー、良かった見つかった。ほんと凪がいると目立っていいわ」

「あらしがなんらって？」

「いいから凪は食ってろ。あのさ、みすみんって今日は知り合いとか来る予定ある？　親戚とか彼氏とか」

藍はジュースを落としそうになるほど驚き、慌てて首を横に振った。

「……ま、まさか。ないよもちろん」

「だよねえ。じゃあやっぱただの変な人なのかな……」

「何かあったの？」

「今さ、教室で最後の公演やってたんだけど、終わってから脚本とか小道具とか色々訊(き)いてくる男の人がいてさ。たぶん大学生ぐらいなのかなあ。あれ作ったの誰かって、名前まで聞き出そうとしてきて」

「げ、こわ」

凪沙がおでんの大根を竹串でつつきながら、顔をしかめた。

「みすみんのパペットのことも訊かれたんだけど」

「言っちゃだめだってそんなの。絶対ストーカーだよ」

「うん、そう思ってはっきり言わなかったんだけど、前にみすみん、パペットのモデルのことで色々あったって言ってたじゃん」

そうだ。色々無理を言って、同じ小道具担当の人にも相談して、土壇場でかなり作り直したのだ。

それを気にする人なんて、藍は一人しか知らない——。

「え、じゃあまさかみすみんの……」

「一応、田中が対応あたって引き留めてるとこでさ」

「——ごめん凪ちゃん、容子さん！」

藍は容子に紙コップを押しつけ、校舎へ走った。

「うおおお、いっけえ！　みすみん！」

「走れ！　まだ教室にいる！」

友人たちの、ヤジとも声援ともつかない声を浴びながら、昇降口に飛び込んだ。

自分の口で『待つ』と言い、実際あれからあの人から連絡が来たことは一度もない。でも、それでも。もしかしたらと思うのだ。

最上階にある、三年の教室目指して駆け上がる。廊下を走ってはいけません。この年になるまでずっと守ってきたのに、今はそんなこと頭から消し飛んでいた。

とにかく早く。

藍が所属するクラスの教室から、私服姿の青年が出てきた。こちらに気づかず奥へ歩いていくのが見えたから、必死に声を張り上げた。

「心晴さん！」

青年が振り返る。やっぱり——彼だ。鴨井心晴。

藍は息を切らして駆け寄った。

秋らしい芥子(からし)色の綿シャツと、カジュアルなデニムの組み合わせで、確かにいつもより無造作な髪型や童顔も相まって、ふらりと後輩の顔を見に来た大学生のようだった。

「……いらしてたのですね」

「うん。来てた。ごめん」

そこに前まであった笑顔はなく、それどころか出会い頭に謝られた。やめてくださいと言いたくなる。

「……正直、休みの日までこういうところに来ると、仕事思い出すから好きじゃないんだけどさ……」

「では、なぜ？」

なぜここに？

藍の真剣な問いに、心晴は気まずげに前髪をかきあげた。そのまま、廊下側の窓を眺めつつ、呟（つぶや）くように理由を語ってくれた。

「キャロルの顔が見られるかもと思って」

――そういえば――心晴に出したＬＩＮＥに、文化祭のことを書いた記憶がある。小道具係で、フンフンとキャロルをモデルに人形を作ると報告もした。あの時はとにかく返事が欲しくて、関係ありそうなことはなんでも記したのだ。今思えばとても無神経な行為だった。

「すみません。モデルにしたものは使わなかったのです」

「みたいだね」

「犬と猫は別の子に作ってもらって、私はロバと鶏を担当しました」

心晴も一目見て『違う』と思っただろうが、キャロルが亡くなったのを知った後では、とても申し訳なくて使用する気になれなかったのだ。フンフンモデルのパペットと一緒に封印して、新しく人形を作ってと、ぎりぎりまで粘って当日を迎えたのである。

「そうか。ならそっちももっとよく見れば良かったな……」

「心晴さん……」

「よくできてたよ。うちのクラスの見本にしたいぐらい」

そこで初めて、心晴が藍の方を見た。初めてちゃんと目と目が合った気がした。

ただそれだけでは、まだ藍も確信が持てなかった。彼は本当に藍を受け入れてくれているのだろうか。辛（つら）い気持ちになったりはしないだろうか。

不安に思う藍の前で、彼は人好きするタレ目を細めた。

「今さらどの面さげて会うつもりだとか、また下手なこと口走って、君を傷つけたりしないかとか、直前までぐだぐだ考えていたんだ。でも、こういうのって理屈じゃないんだな。俺いま、君と話したいことが沢山あるよ」

ああ。

（わらった）

間違いない。釣られて藍まで笑いたくなる微笑だった。

「キャロルの人形さ、できあがってはいるんだよね」

「はい、一応あります」

「写真とか、見せてもらってもいいかな？」

「いいです。けど……」

「けど？」

「今ここでお見せするのは、ちょっとその……」

藍は周りの目を気にして、言葉を濁した。何せ場所は学校であり、教室といい廊下といい、かなりの人間たちが鈴生りになって藍と心晴の動向を見守っているのである。

心晴もようやく、自分たちが衆目を集めていることに気づいたらしい。焦ったように顔を赤らめた。

「わ、わかった。確かにそうだね」

「すみません」

「じゃあ、次の週末、晴れたら『Café BOW』にいるよ」

心晴は「それじゃ」と、足早にきびすを返した。

その姿が完全に見えなくなってから、まるで蟻にたかられるようにクラスメイトたちが寄ってきた。

「みすみーん!!」

「誰あれ？　やっぱ彼氏でいいんだよね!?」

その中には、後から追いかけてきたらしい凪沙や容子もいた。藍は彼女たちにもみくちゃにされながら、たまらず両手で顔を覆った。

「違う。彼氏じゃなくて、お友達……」

「えー！」

クラスメイトは、みな不満そうだ。

でも、その位置に戻れることが、どれだけ貴重で奇跡的なことか。みんな知らないのだ。すごくすごく嬉しいことなのだ。

＊

土曜日の朝は、いつもの散歩が緊張して仕方なかった。

「……ちょっと待って。暴れないでフンフン。リードが付けられないよ」

「わう！」

「……よし。それじゃ、行くよフンフン」

喜びのあまり、玄関でくるくると回ってしまうフンフンと一緒に、自宅を出る。

夏の頃の暑さが嘘のように、ここ数日の朝は冷たい空気をはらんでいた。藍は着ているパーカーの前を合わせ、ゆっくりと休日の散歩道を進む。

行き先は、公園近くの通り沿いにあるカフェだ。朝早くから開いているその店は、ペットと一緒に利用できるウッドデッキのテラス席と看板犬が人気で、一時はとある人と話す

ために よく顔を出した場所だった。

店の前に、見覚えのある折り畳み式のミニベロが駐めてあった。

（いる）

そう思うと一気に緊張してきた。テラス席に、ミニベロの持ち主である青年がいた。向こうも藍に気づいて、おいでとばかりに小さく手を振った。

サイドに付けたリードを握り直し、鴨井心晴のところに向かった。

「おはようございます、心晴さん」

「うん、おはよう。フンフンも久しぶり」

心晴はフンフンを見て優しく手を差し伸べるが、当のフンフンは久しぶりすぎて慣れないのか、荒い鼻息とともに後ずさりしてしまった。

「こ、こら。忘れたの、心晴さんだよ」

「いいって、藍ちゃん。もともとこんなものだったよ」

心晴は苦笑した。

それにしたって、仮にも命の恩人に向かって恩知らずが過ぎるだろう。藍は恐縮しながら椅子に座るしかなかった。

「時に藍ちゃんさ、そのパーカーの下に着てるTシャツは……」

向かいに腰掛けた時点で、心晴があらたまった調子で訊いてきた。彼の視線は藍の顔ではなく、その下の服装にあった。

「……わかりますか。アンパンマンこどもミュージアムで買った限定Tシャツです」

「やはり。場所は横浜？」

「神戸にいた時に購入しました」

「素晴らしい」

「恐縮です」

正直に言うと、このさい会話のとっかかりになればなんでもいいと思って、半分狙って着てきた。予想通りに触れてくれて良かったと思う。

「ご注文は？」

店主の加瀬が、オーダーを取りにやって来た。

「私はフンフン用のお水と……」

「どうする、もう冷たいものって感じでもないよね」

そう言う心晴は、いつもの日替わりモーニングセットだという。今日はレバーペーストを塗ったバゲットに、レタスと酢漬けの大根、そしてハムを挟んだベトナム風サンドイッチに、同じくベトナム式のコーヒーとのことだ。お洒落だなあと感心してしまう。

「コーヒーのベトナム風とは……？」

　これだけはまったく想像がつかなくて訊ねたら、加瀬が直々に教えてくれた。

「コーヒー粉を特殊なフィルターで漉して、砂糖とミルクのかわりにコンデンスミルクを加えたものですよ」

「コンデンスミルクとは、練乳のことですよね」

「そうですよ。フランス統治時代に、現地で栽培できる癖の強いコーヒーを飲みやすくするために考えられた手法らしいですね」

　ミルクを入れたくても新鮮な牛乳が手に入りにくかったため、かわりにコンデンスミルクを使うようになったのだという。

『Café BOW』はペットに優しいドッグカフェだが、料理や飲み物も凝っていて素敵なのだ。

「加瀬さんのは深煎りの豆でかなり濃いめに抽出してくれるんだけどさ、これが甘い練乳と相性いいんだよ。藍ちゃんも飲んでみる？」

「はい。では、それにします」

　あまりコーヒーは得意ではなかったが、そうやって勧められると飲んでみたい気がしてきた。

「だってさ、加瀬さん」

「かしこまりました。良かったですね、鴨井さん」

「ぶっ」

加瀬は笑いをこらえながら遠ざかり、心晴は眉間をおさえた。

「ったく、茶化さないでほしいよな……キャロルの人形の写真、見せてもらってもいい？」

「あ、はい。持って参りました」

さっそく本題が来た。藍は背負っていたリュックに入れていたものを、その場で取り出した。

「え、なに。現物持ってきたの？」

「データもご希望なら、後でお送りしますが」

「すごいな……どうもありがとう」

加瀬が注文したベトナム式コーヒーを持ってきた。

小さめの、耐熱ガラスのコーヒーカップに、黒と白の二層に分かれた液体が注いである。上がコーヒーで、下が練乳だろうか。心晴が藍の作った布製パペットを、一体一体じっくり見ている間、藍はそのコーヒーを飲んで過ごすことにした。

（……苦い）

舌につく強い苦みは、加瀬や心晴が言っていた通り、かなり濃い。すぐにスプーンでかき混ぜて、練乳をカップの隅々にまで行き渡らせると、一転して甘くて濃厚な飲み物になった。

「このフンフンさ……耳がついてないみたいだけど、これからつけるの？」

「それは……いったんは犬ではなくて、アシカということにして押し通すプランがあったのですが」

「いや、それは無理あるでしょ。見た目よりもストーリーが」

「はい。脚本の方とも相談したのですが、ブレーメン州の内陸部をアシカが移動するのは厳しくて。そのままお蔵入りさせました」

致し方ない話である。

「……耳は別に取ってあるので、心晴さんが良ければつけ直します」

「そこは俺の許可とかいらないよ。つけてつけて。犬にして」

「了解です」

家に帰ったら、裁縫箱を出そうと思った。

「猫の方は、さすがによくできてるね。目の色も顔つきも、キャロルそっくりだ」

――私はこれを、どう受け取ればいいのだろう。

そっくりと語る心晴の目が、やわらかな光に満ちていたから、藍は小さくならずに座っていられた。

「私……猫の足と肉球について調べていたら、ヘミングウェイ・キャットというものを知りました」

「ああ、あれ？　俺、エンドウ豆のかわりに幸運のヘミングウェイ・キャットで遺伝の授業したことあるよ」

やはりか。なんとなくそんな気はしたのだ。

「じゃあ藍ちゃん、これは知ってる？　多指症じゃなくて、多尾症の猫の話」

「……尻尾が多いのですか？」

「そう。南インドとベトナムの一部地域だとね、生まれつき尻尾が二股、三つ叉に分かれる因子を持つ猫もいてね。こいつが魔を祓ったり、逆にまじないをかけたりするのに重宝されて、日本に渡れば妖怪猫又のルーツになって行灯の油を舐め――」

勢いうなずきそうになる藍だが、途中ではたと我に返った。

「心晴さん」

「ん？」

「さすがにそれはナシなのはわかります」

「ばれたか」

かなり温度の低い目で睨むと、心晴は笑って開き直った。

忘れていた。この人は物知りの猫飼い先生だが、同時にかなりいい加減なのだ。格好いいのにふざけたりとぼけたことを言う。

(ずるい人だ)

でも藍はずっと、この彼とこういう話がしたかったのである。

幸せだ。

「まあでも、指の数も尻尾の数も普通だったけど、俺にとっては最高の猫だったよ」

ええ。私もそう思う。

そのままでは飲み込めない苦い思い出も、消せはしない悲しい事実も、手元の練乳入りコーヒーのように、強がりや思いやりを混ぜ込んで、そうすることで近くに立てることもあるのかもしれない。

今はそれが精一杯でも、藍は嬉しい。

「二十一年間、そう思わない日はなかったんだから、あいつは本当に幸運の守り猫だったんだ」

「天国のキャロルも、今頃きっと同じように思っていますよ。私は心晴さんと暮らせて幸せだったと」

「いやあ、どうだろうね」

「え、思っていますって絶対」

藍は真面目に抗弁したが、心晴はどこか懐疑的な顔で空を見上げている。

「まずは死んだって自覚したら、めそめそ浸る前にネットワークの調査員を説得するのに専念しろって、あいつには言い聞かせてきたからな――」

【三隅フンフンの場合】

あれはまだ、フンフンが耳の治療で、『きたむら動物病院』に通っていた頃の話だ。お互いのご主人がいつも待合室で話してばかりだったので、フンフンもよくキャロルと世間話で暇つぶしをしていたのだ。

『暇ね』

『ひまだからなに』

『ねえそこの胴長なあなた。暇だから訊いてあげるわ。NNNってご存じ？』

『はい？』

『正式名称は、ネコネコネットワーク。ニャンニャンネットワークとも、ネコ秘密結社とも呼ばれる課報機関よ』

この白猫は、年のせいか妙に小難しいことを言いたがるのだ。もちろんフンフンには、さっぱりわからなかった。

どうせ暇をつぶすなら、もっと楽しいことをすればいいのにと思う。たとえばタオルの端っこの固いところを噛むとか、ご主人の靴紐を引っ張るとか。

『しらない』

『そうよねえ。あなたイヌだものね。まあ知らなくても仕方ないわ』

『だからなんなのさ』

フンフンは、少しいらいらしながら言い返した。

なんでもNNNは、キャロルたち猫を幸せにするために存在し、猫にメロメロな人間の下僕を一人でも増やすために活動しているらしい。

『……そーいうの、ニンゲンに失礼じゃないかなあ』

『何を言ってるのよ。これはうちのコハルが言っていたことなのよ』

キャロルの偉そうな上から目線の解説は続いた。

ＮＮＮの調査員はこの人間社会をくまなく調査し、飼い猫志望の子猫と人間の下僕をマッチングさせたり、下僕の資質があるがまだ猫の良さを知らない人間に、百戦錬磨のエージェント猫を送り込んでよりメロメロに陥落させたりするのだという。

エージェント猫は可愛い声もあざとい仕草も全部習得済みで、この猫にかかれば下僕に志願しない人間はいないそうだ。

『なにそれ、怖い……』

『それで考えるとほら、どう考えてもあたくしエージェントとして送り込まれた感じがしませんこと？　こんなに完璧に可愛いんですもの』

ペットキャリーの中で、金色の目をくりくりさせて、キャロルは言い切った。

『あ、これももちろんコハルの意見でしてよ』

犬のフンフンはキャロルの自己肯定感の高さに呆れつつも、それ以上に彼女の飼い主に呆れた。

今もカチコチに緊張する藍の隣で、余裕綽々のよい大人ぶっているが、けっこうやばい人なのでは。大丈夫か、藍ちゃん。

『だからね、もしこの先あたくしがお務めを終えるようなことがあったら、ＮＮＮの調査員はすぐに新しい潜入先をアサインすると思うの。でもそこはワガママを言って説得して、またコハルのところに派遣してもらいなさいって』
『ふーん……』
『まったく、ワガママなのはどっちよね』
あ、ボクってば、のろけられてるんだと思った。
この時フンフンは、彼女の病状も、寿命とお迎えについても、何も知らなかったのだ。
どういう気持ちで鴨井心晴が、自分の猫にそんな話を言い聞かせていたかも。

あれから何ヶ月かたって。

フンフンのご主人藍ちゃんと、キャロルのご主人心晴は、また友達になってお喋り(しゃべ)りをするようになった。

心晴の奴は昔ほど犬が怖くなくなったらしく、たまに藍やフンフンの散歩についてきて、変な形の自転車を押しながら、カフェ近くの公園を一緒に回ったりすることもある。正直鬱陶しいが、藍が楽しそうなのでよしとするしかない。

「そうです心晴さん。諸事情で後回しになっておりましたが、フンフン2号に、耳をつけ直してみました」

「お、そうか。やっと脱アシカか。良かったね」

「犬になりました」

藍が作ったパペットの話だ。キャロル2号と名付けられた猫パペットと一緒に、藍の部屋の棚に飾ってある。

彼らの足下の、かなり地面に近いところを歩くフンフンは、ただ粛々と匂いを嗅いで、散歩の仕事を全うするだけだ。

（……ん？）

ちょっと待て。この匂いは、もしかして――。

「あっ、あそこにいるのは汰久ちゃんとカイザーではないでしょうか」

「本当だ。あいつらまたでかくなってないか」

広場に知り合いのコンビを見つけて、藍たちが方向を変えようとした。しかし、匂いの正体を確かめたいフンフンは、全力で四つ足を踏ん張ってその場に留まった。

「ん？　どうしたのフンフン」

立ち止まってからも、首輪が食い込む勢いで、リードを引っ張ってじりじりと匂いがする植え込み目指して移動する。

ボクは。

あっちに。

行きたいんだあ！

「なんかいいもんでも落ちてるのかな」

「だめフンフン、拾い食いは」

いや、そうじゃないよ。見てよこれ！

フンフンは興奮のあまり、鼻息を荒くしながら尻尾をぶんぶん振った。

「どうかしたの――」

藍が植え込みの中を覗き込み、「えっ」と声をあげた。

彼女は手で口をおさえて、心晴を振り返る。見て見てとばかりに、植え込みを指さした。

この公園のあちこちにある、大きなオブジェの足下。雑草とヒイラギナンテンの間にあったのは、薄汚れた水色のタオルだった。その隙間から、白黒ブチのねずみみたいに小さな子猫が顔を出している。

そう。顔中固まった目やにがついて、目が開かないのにやみくもに前脚をばたつかせ、ニーニーとか細い声で鳴く、生きた子猫なんだ。

心晴が気づいた瞬間、血相を変えてミニベロを藍に託し、植え込みに踏み込んだ。

汚れたタオルごと子猫を抱え、縁石をまたいで遊歩道に戻ってくる。

「猫ですよね。ねずみではないですよね」

「ああ、猫だよ。どうしたんだよおまえ……置いていかれたのか？」

藍の最初の悲鳴を聞きつけた汰久が、「なんかあったの？」と駆け寄ってくる。

「え、なにそれ。ハムスター？」

「違うよ汰久ちゃん、これは猫の赤ちゃんだよ」

「マジで⁉」

大騒ぎする人間たちの風下で、バーニーズ・マウンテンドッグのカイザー姐さんが、おっとりと鼻をひくつかせた。

『これは……あれねえ。ベビーちゃんの匂いがするわねえ』

『うん……ボク……びっくりした……』

フンフンは呆然としながら、タオルに包まれた子猫と、それを抱く心晴を見上げた。

（キャロル……君なの？）

なんか白猫じゃなくて、ブチ猫になってるけど。もしかしてあの世でNNNの調査員を急かしすぎて、毛皮のクリーニングが間に合わなかったとか？

「とりあえず病院開いたら診てもらうとして、それまで保温だな……」

ともあれ心晴の目に、前にはなかった力が宿っているのがわかる。これからしばらく忙しくなるだろう。

どこかでフンフンが知る白猫が、あたくしにかかればざっとこんなものよとばかりに、長い尻尾を満足げに揺らめかせている気がしてならなかった。

この作品はフィクションです。実在の人物や団体などとは関係ありません。

参考文献

『ネコの博物図鑑』サラ・ブラウン／訳　角敦子／原書房／二〇二〇年十一月刊
『犬の能力　素晴らしい才能を知り、正しくつきあう』ブランドン・カイム／訳　定木大介／日経ナショナルジオグラフィック社／二〇二〇年九月刊
『世界の犬種図鑑』エーファ・マリア・クレーマー／訳　古谷沙梨／誠文堂新光社／一九九二年六月刊

あとがき

——あなたは犬派ですか？　猫派ですか？

こんな話を書くぐらいですから、なんとなくおわかりかもしれませんが、犬と猫、両方飼っております。おばあワンに片足を突っ込みはじめたミニチュア・ダックスフントと、マンションの植え込みでニーニー鳴いていたところを保護したオスのキジトラです。

作中のモデル……と言いたいところですが、くだんの先住犬は豆粒もびっくりな肝っ玉の小ささを誇り、後から来た猫は大ざっぱで大抵のことは気にしない奴なので、フンフンやキャロルにそのまま当てはめることはできませんでした。彼らの肉球の香りとか、ふがふがした鼻息などは参考にさせてもらったかもしれません。

そもそも犬と猫。なぜこの二種類なのか。昼休みの雑談でも犬か猫かは鉄板の話題で、『きのこの山』と『たけのこの里』はどちらが好きかや、ドラクエVで嫁にするのはビアンカかフローラかに比べれば、まだ炎上の危険性が少ないのかもしれませんが、不思議は不思議です。それだけ昔から、人間の暮らしに密接に関わってきたからでしょうか。

どうせならセットで語られることが多いこの二種の動物を、まとめて掘り下げてみたいという思いと、『くっつく手前の甘酸っぱい話が書きたいぞ』という欲が組み合わさってできたのが本作、『犬飼いちゃんと猫飼い先生』です。

『粒あんちゃんとこしあん先生』だったら、どんな話になっていましたかね。

『今川焼きちゃんと大判焼き先生』とか。

……やっぱり燃えますね。やめましょう。

それでは、呼ばれたので犬と猫にご飯をあげてまいります。ごきげんよう。

竹岡葉月(たけおかはづき)

お便りはこちらまで

〒一〇二—八一七七
富士見L文庫編集部　気付
竹岡葉月（様）宛
榊　空也（様）宛

富士見L文庫

犬飼いちゃんと猫飼い先生
ごしゅじんたちは両片想い

竹岡葉月

2022年6月15日　初版発行

発行者　青柳昌行
発　行　株式会社 KADOKAWA
〒102-8177　東京都千代田区富士見2-13-3
電話　0570-002-301（ナビダイヤル）

印刷所　株式会社暁印刷
製本所　本間製本株式会社
装丁者　西村弘美

定価はカバーに表示してあります。

◇◇◇

●お問い合わせ
https://www.kadokawa.co.jp/（「お問い合わせ」へお進みください）
※内容によっては、お答えできない場合があります。
※サポートは日本国内のみとさせていただきます。
※Japanese text only

ISBN 978-4-04-074416-2 C0193

鎌倉おやつ処の死に神

著／谷崎 泉　イラスト／宝井理人

命を与える死に神の優しい物語

鎌倉には死に神がいる。命を奪い、それを他人に施すことができる死に神が。
「私は死んでもいいんです。だから私の寿命を母に与えて」命を賭してでも叶えたい悲痛な願いに寄り添うことを選んだ、哀しい死に神の物語。

【シリーズ既刊】全３巻

富士見L文庫